京神楽

湯浅洋一
YUASA Yoichi

文芸社

天上の高天原《たかまかばら》に、茅渟川《ちぬがわ》の宿という所があった。そこで出会った男一人と女二人が、なにげない四方山話《よもやまばなし》を始める。それは、『源氏物語』帚木《ははきぎ》の巻に現れる雨夜の品定めのようであった。

雨夜の品定めとは、光源氏と頭中将それに左馬頭と藤式部丞の四人の間で交わされる、「もののあはれ」ならぬ「こころのあはれ」を説いた一つのフリートークである。

茅渟川の宿の下《した》には、小さなせせらぎに似た清流がさらさらと音を立てている。

一つの座敷に陣取った三人は、各人各様ある短歌の調べを同時に思い浮かべていた。

かにかくに
祇園《ぎおん》はこひし
寐《ぬ》るときも
枕の下を
水のながるる

目次

登場人物

男　虹若立尊（にじわかたちのみこと）……一般的男子
女一　蛇縒姫尊（へびよりひめのみこと）……草食女子
女二　八岐姫尊（やちまたひめのみこと）……肉食女子

第一話　和歌論

女二「八雲立つ　出雲八重垣　妻籠みに
　　　八重垣作る　その八重垣を」
　という和歌があるわね。須佐之男《すさのを》が日本で初めて詠んだ歌とされてる。
女一　特に「妻籠みに」という句がすばらしいわ。須佐之男って、何てステキな人なんでしょう。こんなに新妻を大切にしてくださるなんて。
男　なぜか知らないが、その「妻籠みに」以外の句には、すべて八という漢数字が使われている。八は、日本のことを「大八洲国《おおやしまくに》」と言ったりするし、「近江八景」と言ったりもする。何か特殊な意味があるようだ。多数であることはすぐ分かるが……。
女二　そう言えば、私の名前も八岐姫尊で、八の字が付くわ。
女一　しかも、二句・四句・五句はいずれも「八重垣」という言葉が使われていて、しつこいぐらいよ。でも、これだけ何度も使われているところを見ると、吉数であることは確かなようね。

女二　凶数ならこんなに何回も使うことはないわね、確かに。
男　吉数なのはいいが、五句目が中途半端な言い方で終わっている。何か言いたいことがあるが、ぐっと呑《の》み込んで胸の奥に畳んでおかなければならないことがあるらしい。
女一　不吉な感じがするわね。
男　何か言い足りないことがあるんだろう。
女二　深入りしないほうがいいわ。八岐大蛇《やまたのおろち》も八の字が使われているけれど、まさかこの大蛇に呑まれた乙女のいのちが、恨みの涙を呑んでいるということもないでしょう。
男　そうだね。「君子危うきに近寄らず」とも言うからね。
（普段白蛇の化身であると自慢している女一がさりげなく話題を変える）
女一　ところで、『源氏物語』の桐壺帝の御曹子《おんぞうし》、光源氏が栄華の生活の後、須磨・明石へと流されていくわね。
女二　ええ、須磨の巻、明石の巻でしょう。
女一　あの須磨・明石から鎌倉初期の藤原定家までは、ズドーンと1本、公道が通っているようね。まさに、これが日本精神でしょう。
男　いや、日本精神のはしりと言うべきだろう。定家から、能楽を経て松尾芭蕉へ至る道、これこそが日本精神の中心を走る一本道だろう。もちろん、ヘーゲルの言う世界精神とは異なるが……。

女二　そうね。あの須磨・明石を読むと、定家の最も有名な歌、
「駒とめて　袖打ちはらふ　かげもなし　佐野の渡りの　雪の夕暮れ」
が自然と浮かんできますね。
女一　違うでしょう。それだったら、はなやかな生活がどこにも出ていないじゃない。あら、私のカン違いだったかしら？
女二（顔を赤らめて）あら、私も間違ってたみたい。三夕の歌だから、てっきり定家の歌だと思い込んでいたわ。「秋の夕暮れ」が三つ一緒じゃないとグループングできないわね。とんだ恥をかいてしまった。
女一　三夕の歌の一つだとしたら、
見渡せば
花も紅葉《もみぢ》も
なかりけり
浦の苫屋《とまや》の
秋の夕暮れ
でしょう。
男　うん。
（宿の外の宵は、次第に深まりつつあった。月がゆりかご座のごとく、下半円形に輝いて

いた）

第二話　会社の赤字対策

男　ところで、今マルクス電子株式会社という会社があるとする。マルクスというのが、たとえば堀江製作所というのでもいいがね。社長はマルクスという名で代表取締役だ。そうだなー、業種はＡＩ（人工知能）機器の製造・販売だということにしておこう。

女二　面白そうね。で、そのマルクスという会社で何が問題になっているの？

男　いや、重役会議を開くんだがね。赤字対策、つまり営業赤字が少し大きいので、その穴埋めというか、要するに赤字の原因を調べて、また赤字が出ないように対策を練るのだ。

女一　労働者への労働賃金が問題なのではないのね。賃金が安すぎるとか、条件が悪いとか。

男　いや。そうではなくて営業面の問題だ。待遇面の問題ではない。

女一　営業面の問題なら、生産過程か流通過程、あるいは両方の問題ということ？

男　そう。結局、価格の問題になるのかなー。原価が問題なら生産過程、売価が問題なら流通過程ということになるのだがね。

女二　確かに。エンジニアか営業職かによって、気がつくところは違うわね。エンジニアなら、理論面を含めて確率過程に問題点を絞るでしょう。

女一　営業的には、販売網とか取引心理の分析が先に立つでしょうね。

女二　それに、取引過程の安全カプセルの問題もあるわね。

女一　安全カプセル？

女二　ええ、最近よく問題になってる企業統治とか法令順守のことよ。取引過程に法の網をかぶせて、取引の安全度を高めること。

女一　いわゆるガバナンスやコンプライアンスのことね。取引過程の話だから、もちろん売り手と買い手の双方に当てはまる事柄なのね。

女二　そう。大学で習ったじゃない。法律関係とかいう、取引する者同士の人間関係に一つの心棒を通すということ。

女一　ああ、あれね。権利者と義務者の関係。言ってみれば、詐欺的な取引を禁ずることね。

男　　技術の問題なら、プログラムを見なくちゃならないな。論理演算とか対偶法則とか、最初の命題の真偽自体も調べなくちゃなるまい。0と0、1と1の対応は問題ないと思うがなー。こういう場合、二進法に問題があるのだろうか？

女一、女二　いえ、二進法には問題はないと思うわ。

（男がややうつむき加減に独り言をぶつぶつつぶやき始める）

男　一応対策を打ってみてそれでも赤字がいやに続くようなら、将来は国有化の申請ということも考えられないわけではない。資金が枯渇するからな。ちょうど砂時計の砂が急速に減っていくように、カネが底抜けに出ていく。その場合は、国なり、我が社の労働組合なりに相談をして、資金手当を受けなければなるまい。資金繰りが急速に悪化していけば、この会社も倒産ということになってしまう。もし、会社がつぶれれば、我が社の従業員たちは全員行き場を失ってしまうのだ。それは、明日から生活資金が入らなくなるということを意味する。これだけは絶対に回避しなければ……。

男　労働組合なら我が社の従業員持株会に聞いてみなければならないし、それでも資金が集まらないようなら、霞が関の中央官庁に相談を持ちかけるしかない。国の予算のほうから、何とか資金を少しでも回してもらえないものだろうか？

（目の前で男が次第に険しい顔になっていくのをまじまじと見守っていた女一と女二は、そこにただならぬものを感じるのだった。政治の世界というものは、「一寸先は闇」と言うが、経済も「二寸先は闇」のような不気味さをもって立ちはだかってくる気配がした。女性二人は背筋に冷たいものを感じ、思わず身ぶるいした。マルクスの神が激怒することなく、会社の赤字を乗り超えていくことは可能だろうか？）

第三話　「考えること」と「感じること」

女一　「感じること」と「考えること」とはどう違うのでしょう？

男　それは簡単だ。「考えること」は変わるものつまり可変的で、「感じること」は変わらないものつまり不変的なのだ。

女一　どういうこと？　可変的ということは、「変わりやすい」ということだし、不変的ということは、「ほとんど変わらない」ということでしょ。

男　俺は、「考えること」を可変的認識、「感じること」を不変的認識と思うんだ。可変性を『方丈記』に、不変性を『平家物語』に基礎づけているんだがね。松尾芭蕉で言えば、不易流行のうち不易の部分が不変性で、流行の部分が可変性というわけだ。

女二　確かにどちらも認識の源泉としては、対等の位置を占めるわね。

男　そう。可変的認識と不変的認識とは、ＤＮＡの二重らせんのように、「あざなえる縄のごとき」ものだ。

女一　可変性が『方丈記』に、不変性が『平家物語』に、というのは？

男　つまり『方丈記』は「ゆく河の流れは絶えずして」というように、可変性を基礎に置いた世界観なのだ。対して『平家物語』は、永遠に変わらない盛者必衰の原理の上に立てられた世界観、つまり不変性を基礎に打ち立てられている、ということなんだがね。表現は悪いかもしれないけれど。

女一　それら2つに分類してそれですべてを尽くしているの？

男　すべてを尽くしている。世の中は可変的なものと、不変的なもので成り立っているという、時間論を中心とした考え方の人もたくさんいるから。会社員などは、伸縮性に富む心理的時間と、固定的な物理的時間とのちぐはぐさにとまどいを覚える人も数多い。

女一　それに、ものの考え方は、確かに徳川幕府の時の女の考え方と、現代の私たちの考え方とは全く違うわね。徳川幕府の時は、徹頭徹尾、男尊女卑だし、現代の女性は男女間の平等なんて当たり前という感覚でしょ。

男　今じゃ、女子高生の前で男女間の平等なんて言ったって、そんな当たり前のこと、言うのが恥ずかしいぐらいの扱いを受ける世の中だ。

女二　そうでしょ。うっかりへたなことを言うと、張っ倒されそうでしょ。空気感の分からない人間ということにされてしまうんです。

男　だから、僕は思うんだが、「考えること」あるいは「考えた結果」といったものは、時代によって変わって、「感じること」というのは、時代によって変わるということはないんじゃないかと思ってる。
女一　つまり、同じ日本人同士なら、昔の日本人も今の日本人も同じような感じ方をするし、男の感じ方も女の感じ方も本質的には全く同じなのではないかということね。
男　そう、そういうことだ。ただ、男の感じ方と女の感じ方に特有の違いはあるだろう。だからこそLGBT（性的少数者）の問題も起こってくるというわけだ。それに、この会社制資本主義の世の中では、我々同じ会社の労働者たちの労働時間も、固定的なものと考える考え方が男にとっても女にとってもまだまだ主流だから。
女二　男と女が本質的に同じ感じ方をするというのは、たとえば茶道を考えてみれば一目瞭然だわね。全く同じ味わい方をするし、同じ情趣に浸っているということになるのね。
女一　そこにはもちろん、少しずつ改良を積み重ねてきた茶の湯の宗家の、努力の賜物といった汗の結晶があるのでしょう。
ずっと室町時代から続く伝統の力でしょう。
男　今はやりのイノベーションと言うほどではないが、それこそが京都の活力の秘密なのではないかなー。
女二　伝統と革新が、からみ合った推進力となって京都文化を支えているんでしょうね。
男　可変的認識は、日々の革新によってもたらされるけれども、不変的認識は、伝統の力によって生み出されるものだと思うね。だから、その２つの力が総合された結果、安定したブランド価値を生み出すことになるんでしょう。緻密な積み上げということかな。
女一　その積み上げが300年、400年と長く続く間に巨大な商品価値を築き上げたということなんでしょうね。
男　まさに、人材資本と財物資本の相乗効果が、みごとな花を咲かせたということだろう。それが茶の湯であり、華道であり、すべての会社の基盤というものなんだろう。
女一　基盤あってこその活動だし、その活動あってこその会社文化というものだから。社風の成り立ちは、案外そういうふうになっているのかもしれないわ。
女二　同じ会社の仕事仲間って、普段いつも一緒だから気心がよく知れていて、話しがしやすいわね。
（三人は、夕御膳に出てきた湯豆腐を食しながら、悠久の時の流れに耳を澄ますのであった）

第四話　秘密司令官「月夜見尊《つくよみのみこと》」

男　日本の防衛省には、実戦部隊を指揮する秘密司令官がいる。一人ではない。複数忍者制の下に、行動の自由が保障されている。

女二　行動の自由は、そりゃ保障されているでしょう。忍者なのだから。でも、秘密司令官と言っても、当然自衛官なのだから、その行動の範囲は、自衛権の及ぶ範囲に限られるわけでしょ。

女一　自衛権の及ぶ範囲を超えて行動した場合は、職権乱用罪になるというわけ?

女二　そらそうでしょうね。自衛権の乱用ということになるわけだから。自衛官という国家公務員が、防衛省に属さない範囲の権限を行使したときには、職権乱用罪に問われるのは当たり前のことでしょ。自衛官が財務省の持つ予算査定権を行使するようなものだから。

女一　それに、防衛省が外務省に属する権限まで行使することができるとすると、一気に戦前のような軍部独裁が実現可能になるわね。

男　当然、そうなるね。もし、今あなたが言ったようなことが可能であるのなら、防衛省とか財務省とか文部科学省とかに区分してあることが、全く意味を成さなくなる。官庁なんて、一般省一つで事足りるわけだから。それに、そんなことにでもなれば、三権分立制自体がナンセンスなものに成り果ててしまう。
女一　その総元締めが、月夜見尊というわけね。忍者部隊だから、恐らく上下関係はないのでしょう。
女二　この忍者部隊は、個人ごとに行動するはずだから、陸上自衛官、海上自衛官、航空自衛官のどこに潜んでいるか全然分からないようになっているんでしょうね。
女一　そして、その一人一人がすべて秘密司令官というわけなのかしら。
男　いや、全員が秘密司令官なのかどうかは分からない。何しろ、上下関係があるのかどうかすらハッキリしないのだから。戦前にあった陸軍中野学校との関連もよく分からない。怖い話ではあるがね。
女一　何のために、そうした特殊部隊があるのかしら。
男　ふん。そこだけどね。恐らく、暗殺部隊だと思う。敵国の政策の転換を願って、捨て身の軍事行動を託されているのだろう。何しろ相手が民主主義国なら、大統領トップさえ殺してしまえば、戦争が終結する可能性が開けてくるわけだから。
女二　忍者のうちの誰か一人が日本を裏切った場合には、当然その一人も殺害対象になるのでしょう。忍者が忍者を殺す、というわけね。

女一　総責任者が、月夜見尊というところも面白いわね。月夜見尊という日本神話の神様がすべての責任を取るというところが。しかも、一人ではないんでしょ。全員がすべての責任を取る、というんだからまさに捨て身の作戦というわけね。

（二人の女性自衛官が同時に、小さくうなずいた。日本の捨て石になる覚悟などとっくの昔に固まっている二人なのであった。日本の夜空には、大きな月が、数々の星座とともに白く輝いていた。将軍月夜見のほほ笑みが見えるようであった）

第五話　白蛇物語

（浜の松林に、黒潮の波のざわついた音が響く。地の響きに似た海の響き。海底宇宙から来る、哀しさを秘めた、籠もったような音色である。男一人と女二人の三人は、この浜辺の近くの日本旅館に1泊し、たった今目覚めたばかりであった）

男　ああ、和らぎの神、天照大神のお目覚めだ。

女一　月夜見尊が隠れていかれる。神々が交代される時間だわ。

女二　伊弉諾尊《いざなぎのみこと》の生みの親、沫蕩尊《あわなぎのみこと》も潮の流れを作っておられる。日本の神々が今、夜明けの朝を迎えておられるのだわ。

男　神々が、ささやきの場に集まってこられる時刻だろう。

（三人は、朝日のほうに向かって柏手《かしわで》を打った。三人の耳に「夜明けのスキャット」が聞こえてくるような静寂が、あたりを領していた）

女一　この頃、天皇陛下を神格化する動きがあるとかないとか、盛んに論議されているようね。

男　うん。昔は実際に神格化されていた時代もあったようだ。

女二　大日本帝国憲法が生きていた頃の話ね。あの憲法には、第三条に「天皇は神聖にして侵すべからず。」という規定があったそうよ。

男　ああ、あの第三条は神聖規定と言って、西洋の神聖ローマ皇帝を模したものだということを聞いたことがある。

女一　その神聖規定に、日本神話が乗っかっていたのかしら。

男　何しろ、古代ではアニミズムとかシャーマニズムが行われていて、政治は祭政一致の形を取っていたからね。もっとも、日本ではそれほど古い頃は、時代区分として特に上代と呼ぶこともあるらしいがね。

女一　シャーマニズムは、すぐ分かるわね。古代祭祀を司《つかさど》るのが天皇家であったことは、ほとんど常識でしょ。政治が祭政一致の形を取っていた、ということからも直ちに導ける結論だわ。

女二　今でも、束帯《そくたい》を着けて出てこられる時は、何となく神職というか神主《かんぬし》のような感じが漂っていらっしゃる。

男　古代の天皇陛下が、その当時政治家であったことは、小学生でも知っている。古代というか、上代では御一身が政治家と神主を兼ねておられたのだ。現人神《あらひとがみ》と言われるゆえんだし、玉体と称されるのも故《ゆえ》なしとしないところなんだ。

女二　それで、その名残《なごり》を今も漂わせていらっしゃるというわけね。

男　その雰囲気が、有職故実《ゆうそくこじつ》と相《あい》まって、一層古代的な感じがするのだろう。いかにも、古代エジプトの王、ファラオのようだ。

女一　魏志倭人伝に出てくる女王、卑弥呼《ひみこ》もその線でしょ。

男　それに、日本にもアニミズムがあったことを記《しる》す記述を、この前『日本書紀』の原文を読んでいて、偶然見付けたんだがね。

女二　えっ、そんな記事って本当に残ってるの？

男　うん。巻第二に入ってすぐのところだがね。「神代下」という巻だ。そこに「草木咸能く言語有り（有二草木咸能言語一）」と書かれている。読み下せば、「くさきみなよくものいふことあり」と発音するようだ。古代人は草や木にも精霊があり、物を言うと信じていたらしい。ちょっとシェークスピアみたいな感じもするがね。だが、この信仰が後の言《こと》霊《だま》信仰につながっていくのではないかな。

女二　じゃ、シャーマニズムだけではなくて、アニミズムも確実にあったってことね。草や木などの植物にも魂《たましい》があるってことだから。

女一　ところで、初めに私が言ってたこと、天皇神格化の動きって、本当にあるのかしら？

男　いや、特に取り立てて言うほどの動きはない。何なら、天皇神格化を僕がやってみようか？

女一　ええっ、どうやってするの？
男　日本神話とは別個に、現代神話を作ればいいのだ。天皇陛下御自身を神様とみなすのさ。たとえば、天皇大神《すめらみことのおおかみ》のようにね。
女一　なるほど。
男　天照大御神《あまてらすおおみかみ》は、依然として高天原の大御所さ。だから、天皇大神の「大」と「神」の間に、「御所」の「御」が付くというわけ。
女一　うまく考えるわね。すると、宇宙の構造との関係はどうなるのかしら？
男　天つ国（天の国）の高天原では、天照大御神が、大御所として他の神々を従え、中つ国（地の国）のまほろば宇宙では、天皇大神が君臨するということになる。そして、根の国の海底宇宙は、黄泉神《よみのかみ》が支配することになるのさ。
女二　なーるほど。でもこの宇宙船が飛び交う時代に、どれほどの通用力がある話なのかしら。
（現代神話を創り出した三人の白蛇は、神の御使《みつか》いとして、はるかかなたの天御中主神《あめのみなかぬしのかみ》を仰ぎ見るのであった）
女一　だけど、天皇制のピーク、王朝天皇制とどうつながるのかしら？
男　そこが、万世一系の不思議というところだろう。

第六話　神の愛

男　神はすなわち創造主とイコールだろうか？
女一　創造主は創造の神だけれど、生命の神ではないのかもしれないわね。
女二　生命も創造されてこそ、その活動を始めるのだから、生命の神＝創造の神でしょう。
男　いや、そうとも言い切れない。生命がセックスから生じるのは、学校の生徒でも知っている。だから、生命の神＝創造の神という等式は果たして成り立つか否か疑わしい。
女一　じゃ、生命の神とは、ひょっとすると平和の神ということかしら？
女二　私は、そう思うわ。生命の神なら、創造だけで終わらずに、その存続をも保障するはずだから。
男　僕もそう思う。生命の存続を保障するのは、平和の神以外はあり得ないはずだ。もし戦争の神がいるとしたら、その戦争の神は生命など屁《へ》とも思わない。その反対を取ると、平和の神こそが生命の神だということになる。
女二　それなら、平和を永久に維持し続けることが、生命を慈《いつく》しむことにつながってくるのね。
男　そうだ。しかも、生命を慈しむことは、神の愛を受け入れる受け皿を、人間が自ら進んで用意することを意味する。だからこそ、神様を信じる者は、生命を慈しむことを考えるのでなければいけない。
女一　じゃ、私がさっき直感したように、生命の神＝平和の神　ということになるわけね。
男　そう。平和とは、聖徳太子も言ってたように、和の心だから、どのようにして和の心を維持し、和の心を紡《つむ》ぎ出すかが大切なことなのだ。
女二　じゃ、実際に和の心を日本はもちろんのこと世界中に定着させるには、どうすればいいかということになるわね。
女一　そういうことになるわね。そうすると、国際社会に通用する愛の原則を創らなければということになるのかな。
男　そういうことになるのだろう。いわゆる、カントの言った道徳律ということだね。彼には『永遠平和のために』という著作もあるぐらいだ。
女一　平和をテーマにした本なら、アリストパネスという古代ギリシアの劇作家が、『女の平和』という戯曲を書いているわ。
男　結局、平和優先原則という国際信義則を打ち立てる以外に方法はないように思う。国際行為による条約効果をねらうわけだ。

女二　条約効果って、「権利または権限」と「義務」の関係のことね。一種の国際規律関係をねらっていくのね。

男　そう。その国際規律関係の中心原則として、さっきの国際信義則をスッポリとはめ込むのだ。

女二　面白そうね。とても参考になるわ。すると、国際人権法も一本筋が通りそう。

男　それには、サルトルの考え方が役に立つと思うよ。彼の言葉の中に、「存在は本質に先立つ」という有名なテーゼがある。あれは、存在権の確立を指し示しているように思えて仕方がない。

女一　完全にそうだわ。人の生死にかかわらず生命というものを尊重するには、人体も墳墓も、ちゃんと安全が確保されていなくちゃ。それがすなわち、生命の存在権を保障する、確保するってことでしょ。

女二　国の存在権だけでなく、人の存在権も、もし存在そのものが侵害された時には、国際司法裁判所に出訴することができるように条約法制を整備することも、外交政策として考えるべきだわね。

女一　国を通さずに、人が直接国際司法裁判所に出訴する権利（＝直訴権《じきそけん》）が、場合によっては認められてもいいんじゃないかしら。

男　そこだがね。世界人権宣言とか国際人権規約といった条約もあるのだから、この際、人権訴訟手続条約の締結を国連総会に働きかけるという案はどうだろう。そうすれば平和訴権も確立し、実務も動き始めると思うよ。実体法も手続法も揃うんだから。平和訴権さえ確立されればそれで話は終わりだからそれで良いと言うのなら話は別だが、さらにその上、核抑止力一本に頼る手段崇拝も打ち破らなければなるまい。そうすれば、核抑止力という第一の手段のほかに、第二の手段として法の傘《かさ》というものが自然に開くだろうね。核の傘じゃなくて。

第七話　水鏡

（法律がなく、道徳律のみが支配するエデンの時代、琵琶湖の水面は、なめらかで物静かなたたずまいを見せていた。その水面には小春日和の微光が当たり、さざ波が十重《とえ》にも二十重《はたえ》にも折り重なりながら、水紋を創っていた。さながら、水鏡のように）

女一　寂しくて泣きたくなるような湖《うみ》ね。永遠というものに連なる一瞬が、今のこの時間の刻みであるような感じがするわ。まるで華厳《けごん》の世界のよう、奈良の大仏様の。

女二　そうね。一瞬一瞬の束《たば》が結局、永遠だものね。蓮華蔵《れんげぞう》世界の神聖空間のよう。

男　この情景をじっと見ていると、日本民族の心の底にある一種の諦念《ていねん》が分かるような気がしてくる。徒労感というか……。聖武天皇のお姿が今にも現れそうな気さえしてくる。

女一　ゆく河の流れは絶えずして、しかも元の水にあらず。

女二　淀みに浮かぶうたかたは、かつ消えかつ結びて久しくとどまりたる例《ためし》なし。

男　有名な『方丈記』の出だしの文章だね。無常観がよく伝わってくる……。水底の泥が、ゆっくり少しずつ動いていくような、緩慢な動きを感じさせる。名文だな。

女二　日本民族の流れを歴史観としてとらえた場合、階級史観をタテ糸、民族史観をヨコ糸として、一枚の布、そうね芭蕉布《ばしょうふ》を作るの。そして浮世の絵柄を連続させるのよ。うまく言えないけど、そうやって織り上げられた錦織りみたいなもの、それが歴史だと思うわ。

男　そうだな、そんな感じかな。全面的に正しい歴史観なんてものは、ないだろう。ある側面から見れば満点ということは、それはあるだろうけれど。民族の心も、階級の心も、それ単独で歴史のすべてを語り尽くせるものでもあるまい。精神史とか経済史の方法論としては別だけど。

（男の心は次第に現実から遠ざかってゆく）

それに、神が常に支配している歴史というものもあるだろうしな。牧歌的な歴史観だが、永世史観なんてものも考えられるんじゃないか？

（男は夢見がちに天のほうを見上げながら、うっとりとしてつぶやいた）

女一　歴史は両目で見るほうがいいようね。片目で見たって、実像より虚像を見てしまうことが多いでしょうしね。物理的にはどうなるのか知らないけれど、本当のところ。

女二　変転常なきものを歴史と考えるなら、まさに変転絵巻こそ歴史だと言ってもいいんじゃないかしら。

男　待て、歴史観なんてしょせん、歴史がどう見えるかというだけのことだから、どのように見えたからといって、別に目くじら立てての のしり合うこともないはずだ。こう見えろと言ったって、言うほうがおかしいんじゃないか?

女一　私もそう思うわ。暗視メガネでも掛けなければ、本来の見え方と違った見え方なんてできっこないもの。

男　誤解してはいけないがね、歴史のエンジンになる力というものは物理力ではなくて、人間の行動力が原則なんだよ。それにしても、一体なぜそんなにしてまで暗視メガネを掛けなくちゃいけないのか不思議だな。やはり、そこにはそう見えなければ具合が悪い何らかの事情があるのだろう。

(水面に映った歴史の映像は、悲喜こもごもの人間の歴史、生活の歴史を鮮明に彩《いろど》っていた)

第八話　心のともしび

男　天がまずあり、その次に地ができて、その後三番目に神が生まれた。その生まれ出でた神々の中では、天御中主神《あめのみなかぬしのかみ》という神が、高天原に真っ先にお生まれになったのである。そうした経過をたどるうちに、伊弉諾尊《いざなぎのみこと》と伊弉冉尊《いざなみのみこと》という男性と女性の夫婦神が生まれることになった。そういう話から日本神話は始まっている。

女一　確かユダヤ神話では、神が先におられたようになっていたわ。

女二　ユダヤ神話って創世記のこと？

男　そう。だから物理法則に従ってこの宇宙ができたと考えるなら、日本神話のほうが、より真実に近いと言えるだろう。作為性がないから。

（はるかなる日本神話が広がる気配の向こうには、比叡山から見た夜の京都がこうこうと横たわっていた。一隅を照らす心のともしびが、三人の心の中に、あかあかと灯《とも》った瞬間であった）

女一　（涙ぐみながら）私、自己否定の気持ちが強いからいけないのかしら。

女二　それは理屈ではなくて、感情のあり方の問題だと思うわ。理屈で自己否定をいくら重ねてみたって、しょせん自分の感情がそのことを受け入れないなら、せっかくの自己否定も根なし草みたいになってしまうでしょ。
女一　そうだわね。人間が行動判断をする時には、感情を後《あと》に残して決心をすることなどあり得ないものね。
男　そうさ。行動判断と現状認識とは、別々の次元の事柄なのだ。行動判断を踏み破って、現状認識だけで事態を突破しようとしても熱意が伴わないというわけだ。結果、気が進まないながらも行動のポーズを周囲に見せてお茶を濁すということになりかねない。
女一　そうすると、義務みたいな行動に陥ってしまうというわけね。
男　うん。だから、そんな道化師みたいなことになる前に、賢い人は自分の感情が奈辺にあるか見極めておくんだがね。その方法が、「自己を見つめる」ということなんだ。少なくとも僕にとってはね。
女一　感情のあり方が、主な問題だとしたら、私は否定感情が強いのね、きっと。強すぎるぐらい……。
女二　無意識界の否定感情って、反転することもあり得るのかしら？
男　般若の知恵を学べば、それをキッカケとして肯定感情が芽生え、どんどん自己を肯定する気持ちが復活してくるという人もいる。いわば、底の底の所で開き直り、一度頭《あたま》を切り換えてみる。すると、それまで自分のことが嫌《いや》で嫌で仕方のなかった自己自身が、その時から以後急速に、いとおしく思えるようになるものさ。頭の切り換えという転機を越えた後は、人生の真実が次々と見えてくるだろう。前とは違った視野がパノラマのように開けてくると思うよ。

女二　そうなるとしめたものね。あとは、無意識界だけでなしに、空《から》っぽになった意識界も肯定感情を基調としたものでいっぱいになるでしょう。自分の価値に気付いた自己という尊いいのちが快哉《かいさい》を叫ぶ日は、もうすぐそこに迫っているのだものね。

女一　ああ、何という美しい瞬間なのでしょう。私にもこんな良い所があった、あっ、こういう隠れた長所もあったのね、などと私自身に話しかけることができるなんて、最高ね。

男　はぐれっ子ストーカーが暗躍する今日この頃には、この肯定感情を持つということが、とても大切なことだと思うよ。

（女二と男は、女一が元気を回復してきたのを見て、ホッと胸をなでおろした。女二と男の二人の目には友情から来る涙がにじんでいた。三人の心に、同じろうそくの火があかあかと小さく灯り続けた。京都を遠望するこの一隅に、希望という心のともしびは、永遠にゆらめくのだった）

第九話　星のさざ波宮殿

男　伊弉諾尊と伊弉冉尊は、天浮橋《あめのうきはし》の上に立って、天之瓊矛《あめのぬほこ》を使いながら、潮土を固めて多くの島々を創られた。二人が夫婦神というのは、男神《ひこがみ》の伊弉諾尊が「成り余れる処」を持ち、女神《ひめがみ》の伊弉冉尊が「成り合わぬ処」を持つからである。島々を創るときに女性セカンドの思想が用いられた。別に二人のうちのどちらが夫婦の代表であっても良かったのであるが、便宜的に男性のほうを代表にすることにしたのだ。

女一　なるほど。古代の神話を現代的に解釈すれば、そういうことになりそうね。

女二　そうね。そういう解釈だと、宇宙科学の発達した現代でも通用する可能性ありってとこじゃない？

男　ここで、高天原の神々三柱を、二人の夫婦神が創造された。それが、天照大神、月読尊、素戔嗚尊《すさのおのみこと》の三貴神というわけ。

女一　その後《のち》、亡くなった伊弉冉尊を追って、夫の伊弉諾尊が黄泉国へ行くのね。

男　そこで共食思想とか千人＝千五百人の論理とかが出てきて、気分を悪くされた男神伊弉諾尊が黄泉《よも》つ平坂を通って、やっとの思いで黄泉国を脱出されたという話さ。これが、いわゆる国生み神話の大体だがね。もちろん、おおよその話だけど。

女二　そして、その三貴神の中の長女が、高天原の主神になったというわけね。

男　そう。そういうわけだ。続きは、自分で調べてほしい。

女一　話は替わるけど、日本人の平和観の基礎には、和、つまり人の和という価値感情が流れていると思うの。「人は道連れ、世は情け」といったような。

女二　その一方では、たとえぎりぎりにまで追いつめられることがあっても、一旦立ち止まって考え直すということも大切なことだと思うわ。そうすれば、必ず局面が開けることもあると思うの。

男　そう。そういう機会を果敢に捉えて、逆に人生に攻撃をしかけるのさ。その、危機をチャンスとして逆攻勢に転ずるということが自らの視野をぐっと広げることにつながっていくんだ。

女二　でも、少し青っぽくない？

女一　いいえ、そうした勇気は、いくつになっても必要でしょう。青年らしい思い切りと言うべきだわ。今でしょ、といったところね。

女二　おや、ちょっと変わってきたかな。

男　結局、その転機を見付けること、その上でその転機をうまく利用すること、そこが重要だと思うね。

女一　そこに、宗教の活躍する余地が出てくるんだと思うわ。

（こうして1日目は散会した）

（2日目、再び三人はなにげない四方山話を始めた）

男　今日は、宗教の話をしよう。

女二　私、常日頃思っていることがあるの。聖徳太子って、普通の天皇以上の働きをなさったのに、扱いは普通の天皇以下と言ったら語弊があるかもしれないけれど、結局天皇になれなくて終わっていらっしゃる。だって、皇太子のまま亡くなってらっしゃるんでしょ。

女一　何か、名誉天皇といった感じがするわ。だけど、そうだとするとあくまで名誉職にすぎないことになってしまう。正式には皇太子のまま亡くなっているから……。こんなことが、日本人の国民感情として許せるものなのかしら？

女二　確かに、そうね。国民感情としても、歴史での重みからしても、全然納得がいかない。変な話ね。死後の扱いが、不当に低すぎるわ……。

男　そう言えばそうだな。彼は、神のような徳を示しておられたのに無冠に終わっている。無冠の帝王という言い方もあるかもしれないが、それじゃ余りにも軽すぎる。あの「和の哲学」は、すばらしい考え方だと言っていい。当時としては画期的な思想だ。太子に対する処遇は、あのままでいいのだろうか？
（三人の間に、しばし沈黙の時間が流れる）
女一　（はっとした表情が一瞬走って消える）私、今思い付いたんだけど、神徳《しんとく》天皇の位に即《つ》かれた、ということは可能なんじゃないかしら？
男　そう、そうだね。それは名案だな。だけど一つ問題が残ると思うなあ。
女二　代数のこと？　第何代という。
男　いや、そうじゃなくて、和名のことだけど。天皇陛下は亡くなれば大行《たいこう》天皇という呼び方を一時的にするんだけどね。諡《おくりな》が決められるまでの間の臨時の呼び方だけど。
女二　ああ、崩御された後の、死後の霊名ね。一般の家庭では御戒名《ごかいみょう》と言うけれど。「聖徳太子」というのは、あくまで俗名でしょ。
女一　厩戸豊聡耳皇子《うまやどのとよとみみのみこ》って、本当に成仏なさっていらっしゃるのかしら。何だか不安な気持ちになってきたわ。
男　そう言えば、その通りだ。漢風の諡号《しごう》は先ほどあなたが言った「神徳天皇」でいいが、和風諡号はどうすべきだろう？
（しばらく沈黙が続く）
女二　何かいい知恵が浮かんだ？
男　うん。だんだん語感が冴えてきた。うむ、そうだ、「ひじりのすめらみこと」がピッタリだ。「聖天皇」と書いてそう読む。これがいい。別名は、聖帝《ひじりのみかど》ということになっていくんだろう。（しばらくして、独り言のように）こうすれば、聖徳太子の呼び名の、聖も徳も残るし、日本民族に神訓を示された偉大な功績も永遠に顕彰されるというものだ。特に憲法十七条を通して神様が口授《くじゅ》されたような教訓は、すごく光っている。うむ、これがいい。何しろ、日本のこれから進むべき筋道を、皆に示された聖哲なのだからな。

女一　神徳天皇、ひじりのすめらみこと。それがピッタリね。いかにも彼らしい、立派な御戒名だわ。

女二　これで、聖徳太子様も安心して御成仏なさるでしょう。

（三人は一斉に合掌し、聖徳太子の御冥福を祈念するのであった）

（3日目、三たび一堂に会した三人は、今度は宗教の本質の話を始めた）

男　宗教の本質は、どういうところにあるのだろう。僕は奥行き感のあることを言ったりしたりしている人こそ、宗教の本質を心得ている人なんだと思う。

女一　私、宗教のことを考えると、いつも空しさとか青苔、時には寂光浄土とかいう言葉を思い浮かべるの。悲哀無我といった、聞いたこともない言葉さえ、心の中に響くことがあるわ。

女二　それは、あなたが完全に宗教精神を知っているということよ。奥行き感が感じられるもの。
男　奥行き感があるということは、目の前の事物に対して奥行きが感じられるということ、つまり事物の奥の奥が透視できるということだと思う。人生も同じことさ。人生の道の奥の奥が見通せるということなのに違いない。たぶん、それが人生の王道だと思う、まごころの中心につながっていく……。
女一　私、二、三日前にこんな漢詩を作ったの。聞いてみて。
「諸行無常　悲哀無我　涅槃寂静　転入極楽」
というのよ。
女二　それに私が続けてみるわ。
「弓月童女　共宇宙響　愛抱人生　謳歌人生」
どう。すばらしいでしょ。転機を越えれば、とても美しい人生が待っているのだわ。
男　人間は快活な状態こそ本来のあり方なんだという知恵がきらめいているね。こだわりの全くない状態、わだかまりの全くない、晴れ渡った状態を連想させるじゃないか。
女二　自由闊達という最高の境地ね。完全自由の世界だわ。これが本来のエデンの園なのよ。天国というか、王道楽土なのね。少し誤解している人もいるみたい。
男　この日本では、人生を見つめ直して視野を広げる諺《ことわざ》に事欠くことがない。たとえば、円教のよく利用する「旦那《だんな》とぼた餅《もち》」とか言うような。諺は、経験に基づく常識の世界だから、人生の真実を追い続ける日本民族にはなじみの世界なのさ。日本人独特の宇宙だね。孔子の『論語』の世界にも近い。
女一　「自己を見つめること」というのは、結局、自己基準を信仰せよ、ということなのでしょう。
男　もちろん、自由を中心柱として自分の心に道徳律を設定しても、その自由律は不完全自由律にすぎないこともある。人間は、いつ完全自由律を手にするのだろうか？
（三人は人生肯定論を語り合いながら、高天原にある宮殿のことを夢想していた。星のさざ波宮殿のことを……）
女一　何でも良いほうに考えるのが、転機を招き寄せる秘訣なんでしょう。
女二　そうね。悪いほうに、悪いほうに考えると、気が滅入っていくものね。しまいには、タコ壺《つぼ》にはまり込んだみたいになって、抜き差しならなくなるわ。
（三人は思いもしなかったことを連想して、ゲラゲラと笑い始めた）
男　昇天する、という表現からも想像できるが、宗教の本質は、空《から》っぽになった自己意識に、たとえば水素ガスのような肯定感情をいかに満たしていくか、という点に存在すると思うね。なぜなら、ひからびた自分の気持ちに、平安な肯定的な幸福を取り戻すには、それしか方法がないからだ。
女一、女二　人を幸福にする円満の神、福の神こそ本当の神様なのでしょう。円満の神が、円という日本の貨幣単位を使って表記されるのも、故《ゆえ》なしとしないところだわ。

男　生活が平和で円満なのが一番だからね。

（女一も女二も深くうなずく）

男　物質的にも精神的にも幸福感で満たされること、しかも実際に何も不満がない状態が長く続くこと、これこそが本当の宗教の証《あか》しではないだろうか？

（三人の心は、温《あたたか》いぬくもりでいっぱいになるのであった。高天原の稲穂《いなほ》のさざ波は、あたり一面にさらさらとその細やかな、小さな音を蒔《ま》き散らしていた）

第十話　天皇制の時代区分

女一　「この世をば我が世とぞ思ふ望月の欠けたることもなしと思へば」（藤原道長）。今夜は雲一つない、冴え渡った夜ね。空気の鋭さをひしひしと感じるわ。
女二　ほんと。藤原道長がその和歌を詠《よ》んだ当時も、こんな寒いぐらいの日の、明るく輝き渡る満月だったのでしょう。三人の自分の娘を、一条天皇、三条天皇、後一条天皇の后《きさき》として入内《じゅだい》させた彼の得意満面の笑顔が、ありありと目の前に浮かんでくるようだわ。
男　天皇を頂点に戴《いただ》く体制を天皇制というならば、この天皇制というものは、実のところ初代の神武天皇の時から今の時点までで五期に区分できるのじゃないか、と思っているんだがね。
女二　えっ、五つの時代に。
男　うん。まず天皇制が成立した初代の神武天皇の時代から、奈良時代末期頃までの古代天皇制の時代が最初にある。
女一　ええ、そうでしょうね。たとえ、第何代目かという代数を少し下げるといったようなことがあったとしても、血のつながりを否定することそのことは、不可能でしょうからね。
女二　その意味では、不動の事実と言うべきでしょう。普通の日本人ならごく当たり前のことだわ。
男　次に、天皇制が全盛をきわめる時代が来る。もちろんこの全盛をきわめる時代の天皇制のことを王朝天皇制と呼ぶことにするとすれば、古代天皇制から王朝天皇制へは、徐々に移行していくのであって、いきなり王朝天皇制へ飛び移るということではない。常識的なことだけどね。
女一　じゃ。その2つの時代を分けるそれぞれの時代の特徴は何になるのかなー。
男　古代は、日本も王様の力が強くて、下戸《げこ》階級の人々が天皇という存在に絶対的に服従していたようだ。カリスマ支配力が強力だったんだろう。
女二　続く王朝天皇制はすぐに分かるわ。次第に国風文化が優勢になっていくのね。一番優雅な時代。私のあこがれの時代……。
男　そう。「みやび」の時代だね。年代的には、桓武天皇が京都に「みやこ」を定めた平安時代がすっぽり納まる時代だけどね。この頃には、天皇のカリスマ支配力も次第に薄まって、いわば天皇の命令も当たり前のごとく受け入れられるようになっていく。伝統という価値観が育っていく時代だね。

女一　『源氏物語』を生んだこの王朝天皇制も平清盛の頃から怪しくなっていくのね。武力を誇る人間が、我が物顔で街中《まちなか》をのし歩くようになる。私は、こうした時代の日本はあまり好きではないわ。
男　いわゆる武士の世の中だね。鎌倉幕府が成立する。源頼朝が将軍になるんだけれども、実権は完全に武家側に移ってしまう。これが準将軍家の北条氏の時代も含めて、かなり長く続くんだ。
女二　それから、室町時代や戦国時代を経由して徳川幕府に落ち着くということね。この武家政権の時代の天皇制は、何と呼べばいいのかなー。
男　そうだな。天皇制はこの長い武家政権の間《あいだ》にもずっとあったわけだけど、いわば武家政権の最高権力にお墨付きを与える、言ってみれば最高権力者の権力行使を保証する、日本の国家権威者といった地位に落ち着いたと思うわけなんだ。
女一　ということは、天皇を始めとする朝廷側は、日本の国民をこの日本という土地の上で統治することを、将軍幕府に委託したということになるのかな。
男　まあ、そうだね。御名御璽はこの頃もやはり天皇のものが使われていたのだろう。国家承認印ということになるからね。会社の社長決裁は、社長自らが行うのと同じことさ。
女二　天皇が国家決済を行って始めて、国家の意志として効力を持つことになる、というわけね。

男　そういうわけ。別に、国家意志が、公家側と武家側という2つの系統に分かれていたわけでもないんだ。その点、身分の上下関係は少しも変わってはいないようだよ。
女一　ああ、そうだとすると、天皇というのは「君臨すれども統治せず」という形で王座に泰然としておられた、ということになるわけか。
男　そう、幕府時代の天皇制はそういうふうになっていたようだよ。だから、この天皇制の形は、超然と君臨していた第一人者を頂点に戴き続ける体制だから、超然天皇制と称すべきだと思うな。
女二　そして幕末になって、明治維新になだれ込むということか。
男　明治政府の下に大日本帝国憲法ができて、世は絶対主義になるのさ。
女一　いや、だけど明治維新をブルジョア革命と規定する人々もいるようよ。
男　そういう見方もあるだろうけど、経済史的、社会史的な視点じゃなくて、今は、政治史的な視点で天皇制を区分することを考えているから、やはり、その基本には、天皇権力の大小を土台に据えなければなるまい。
女一　そうね。一つの歴史事件もさまざまな角度から観察することができるものね。
男　そこで考えるのだが、明治時代のように国際性を伴った社会ということになると、当然世界史との関連が視野に入ってこなければ、おかしい。
女二　それは、当然そうね。海外とのお付き合いが始まっている最中に、日本という自分の殻《から》の中に閉じこもったって、あまりパッとした話にはならないわね。
男　そうだよ。そこで西洋史との歴史比較の中から考えるんだが、西洋には絶対主義という時代が確かなものとして存在していた。この時代の特徴は、近代貴族制の存在と皇帝権力が大きい、ということなんだ。
女二　すると、まずさっきの大日本帝国憲法、いわゆる明治憲法ね。あの条文を読めば天皇の権力は相当大きいし、近代貴族制も華族制として存在しているし、おまけに貴族院まであるじゃない。もう絶対、絶対主義よ。決まりね。
女一　だけど、政治史的にはそうだとしても、社会経済史的にはどうなのかな。確かに、日本の世の中が開けて、豊かにはなってきても、その時点での西洋はもっと先に行っているはずだわ。つまり、その時点で一旦時間を止めてみて、そして日本と西洋を比較してみた場合、西洋は日本よりはるかに豊かになっているはずよ。中には、その固定した時点で早々とブルジョア革命に突入した国もあったかもしれないわね。
女二　明治維新をブルジョア革命だったとすると、維新の産物として作られた明治憲法は、ブルジョア憲法ということになるわね。革命の結果を確認する文書ということになるから。民法に関するナポレオン法典みたいなものね。
女一　すると、ブルジョア憲法で保障された社会、つまり明治社会はブルジョア社会ということになるわ。

女二　私の絶対主義説も根拠が危うくなるわね。
女一　それに、生産物が貿易を通して日本の国に大量に入り込んできていて日本の社会も一見ブルジョア社会のような外観を呈していたということも考えられるわね。だけど、ここが重要なところだけど、そういった商品社会に出回る商品のうち、自国産品はどれぐらいの割合を占めていたか、ということよ。日本で作った商品がたくさん出回っていなければ、日本の生産力が相当上がってきたとは言えないでしょ。
男　　まあ、ともあれ天皇制としては、絶対主義下の天皇制、略して絶対天皇制と規定すべきだろうね。そして終戦を迎え、日本国憲法が制定されて、現在の法定天皇制に至ったというわけさ。
女一　法定天皇制という表現は、何か憲法に規定がされていなければ、たとえ天皇陛下といえども国民にとって何の関係もない赤の他人にすぎないという微妙な語感を秘めているようよ。
女二　そうね、鋭い指摘ね。その他人性を強調すれば、合法的に天皇陛下を国外に放逐《ほうちく》することも、あるいは可能になるかもしれないわね。
男　　ある種の陰謀を秘かに呼び込むような学説だね。もっとも、自分でも考えすぎだと思うけど。
女二　自分から好んでお化け屋敷に入っていくみたいね。

（三人、大笑いする）

男　まあ、しかし、法治主義の下で天皇制の基本型を定《き》めようとすれば、ああいう第一条のような条文になるかな。法定天皇制という言い方も、案外正解かもしれないな。明治憲法との関連で問題は残るとは思うがね。

女二　それよりもむしろ、会社の場合と同じように、日本という国の代表取締役が天皇だという考え方のほうが、「法定」という考え方より実質的ですぐれているように思うわ。

男　そういう観点から見れば、代表権を行使する、国の取締役という感覚だね。『日本書紀』に見える古来の政治思想、「おおみたから」思想を基調としている。まあ、代表天皇制と言い直したほうがいいな。法定天皇制改め代表天皇制だ。

女一　まさにM・ウェーバーの合理的支配が機能している国での、天皇制のあり方の一例と言っていいようね。

第十一話　女がメスに変わる時

女一　初めて母親に急に迫られた息子の気持ちってどんなものかしら？
女二　びっくり仰天するでしょう。いきなりだから。メスになった母親の姿なんて、それまで見たことがなかったでしょうし。
女一　女としては、何よりもとにかくクリトリスをいじめてほしいのね。
男　化けぎつねがいきなり襲ってくるような感じがして、恐怖さえ感じるだろうな。
女二　でも、一匹のメスに豹変した肉食女子って、おチンチンが欲しくてしようがないのね。
女一　たまらなくね。私もご同様よ。せつないほど、おチンチンがいとしくなるの。
女二　気がついたら、涙を流しながら、さすっているわね。
女一　そう。
男　こんな時代だから、顔をしかめようもんなら、すぐに時代遅れの人間にされてしまう。アダルト動画の類いでは、かなり流行しているようだが。

女一　夜も、男だけがオスで、女は女というちぐはぐなことはないわ。
女二　同じヒト科のオスとメスなのだから、男がオスになれば、同時に女もメスになるでしょうね。
男　あはは、当たり前のことだな。それよりも、セックスレスの問題は深刻だね。
女一　ラブドールって効《き》き目はあるの。
男　あまり関係ないと思うな。値段が高いね。一体10万円はするらしい。
女二　話は変わるけれど、性生活にも歴史というものがあるのかしら？
男　それは、あると思うよ。大昔と今とでは、性様式も異なっているはずだ。江戸時代の男尊女卑の時の性様式と、宇宙時代の今の性様式とでは、ハッキリした違いがあるのじゃないかな。
女一　そうね。男のほうの様式はあまり違わないかもしれないけれど、女のほうの様式にはハッキリした違いがあると思うわ。
男　江戸時代の女性の性様式が肉食型だなんて、ほとんど考えられないね。そんなに誘惑的でもなかっただろうし、挑《いど》みかかるような様式でもなかっただろうからね。
女二　燃え上がるようなセックスが好きな人もいれば、激しいセックスが好きでない人もいる。傷をなめ合うようなセックスを好む人さえ世の中にはいるものよ。
女一　まあ、セックス相性が合えば、それでいいようなものね。二人だけの世界だから。

火尊《ひのみこと》と悲尊《ひのみこと》とでは、合わないでしょうし、月尊《つきのみこと》と槻尊《つきのみこと》とでも合わないでしょう。二人一緒に星が飛び散るような感覚になるのは、愛と愛の交流がそこにあるからでしょうね。（この時、女一は女二にとって女人菩薩のように見えた。あまりにも神々《こうごう》しかったからである）

男　女がなまめかしい時は、女体が流線型になる。しかも男根崇拝はまぎれもない事実だ。しかし、そこにつけ込んだ悪意の性犯罪は、凶暴度が高いと言えるだろう。

女一、女二　そうね。大悪人でしょうね。

男　もっとも表現としては、男根崇拝という言葉ではなく、男根愛という言葉で表現すべきだろうね。さて、先日、骨子だけを並べた性科学の論文を手に入れた。寒くなってきたから、帰って酒を飲むことにしよう。ゆっくり酒でも飲みながら、その論文に目を通すことにするかな。

＊

『性科学の論文』

セックス史観とは、どのような歴史観を言うのであろうか？　ここで言う歴史観とは、歴史を動かす原動力は何かという視点から見た歴史観ではなく、セックス史つまり性様式に関する歴史をどう見たらいいのかという視点からの歴史観である。

オスとメスの弁証法により子を受胎することは、自然弁証法の果実を実らせることに等しい。ただ、それが一つの歴史観であると言い得るためには、親子姦やその他、情操交流のみによるプラトニッククラブの場合をも含めて、たとえばタブーの解消過程といった形で描き切ることのできるものでなければならない。

パンダには性生活はあるが、経済生活はない。つまり、経済生活は人間のみにあるが、残念ながら、強弱は別として計算意識が働いている。性生活には計算意識は働かない。計算意識が働く性生活は、すでに性生活ではない。

マルクスによれば、意識は存在の反映だという。しからば性意識は性存在の反映であろう。性存在とは何か？　いわずと知れた男体及び女体である。ヌーディスト村にはマルクス主義者は、何人いるのか？　0人なのか全員なのか？

この男体と女体によって繰り広げられる共同行為すなわち男女愛のセックス弁証法はどのような過程をたどってきたのであろうか？　性生活における自然弁証法の歴史をたどってみよう。もちろん、セックス弁証法は観念弁証法ではなく、唯物弁証法の一種である。

まず、この男女愛の共同行為は、日本では筑波嶺《つくばね》の地において展開された集合姦を伴うものであった。夫婦間の愛の交歓は言うまでもないが、今で言うスワッピングも平将門の頃には、かなり普及していたようである。忙しい農作業の合間《あいま》を縫ってのこの集合姦の饗宴は、強制性を含まない慰安の意味が大きな位置を占めた。つまり、当然のことながら、性生活は本来自由そのものだったのである。

そのうち、この男女関係の自由の饗宴に目を付け、両者を引き合わせることにより男からも女からも手数料を取る、言ってみれば女衒《ぜげん》を営むような職業も出来《しゅったい》するに至った。この手数料の金額が、常識の範囲内に納まるようであれば、問題はないが、さらに悪知恵《わるぢえ》が発達した人間の中には、べらぼうな金額をふっかけて男女双方から暴利をむさぼる荒くれ者たちが現れた。ここに、男女関係の支配を事とする私法的搾取が成立する。

こうした男女関係のあり方は、割と長く続き、近代になって刑法典が制定される頃までずっと、この形を保ったように思われる。というのは、江戸時代末期に歌川国芳や歌川国貞などの春画家たちが描いた銭湯は、開放的な絵柄となっているからである。日本では、近代に至るまで、性生活はオープンなほうであった。しかも、公衆道徳が著しく乱れることもなかったのである。性秩序がほとんど自然秩序のように機能していたのが、日本の庶民社会であった。

次いで、明治維新を経て近代社会となり刑法典が制定された。ここに、原則自由であった男女関係は、刑法的規制の下に服することになる。そして、その規制の標的は、強制姦の排除という点に置かれたのである。これが明治政府の方針であったことは、刑法の制定日を確認すれば直ちに見分けることができる。

太平洋戦争が終結し、戦後日本国憲法が制定されるに至ったが、その憲法の一大眼目は、男女の個人的尊厳の確立ということであった。この原理の下に民法第四編及び第五編が全面改正され、男女関係は、性生活の自由化を目ざして、解放への道をひた走ることになる。

こうして、現在の日本は、男女関係を創造する次の時代に入った。男女間の和姦は、著しく普及するに至っている。

性生活のユートピアは、エデンの園である。性の完全自由の王国である。そこでは、一人姫《ひめ》多数愛人制あるいは一人彦《ひこ》多数愛人制が成立しているかもしれない。概念は、日本古代の彦姫制とイスラム教を合体させて造語したものである。果たして、マホメットのイスラム教の世界は、背徳の世界だったのであろうか？

男体美及び女体美の具体的弁証法は、人体美の祭典である東京オリンピックに向けて自己をアウフヘーベン（自己換位）するであろうか？　過去への疑問と未来への疑問が同時に渦巻く。

第十二話　神話学

男　あなたたちは、日本神話を知っているかと思うけれども、どの程度知っているかな？
女二　私は、ニニギノミコトが天上の世界からこの地球の世界へ降りてくる、いわゆる天孫降臨の話は聞いたことがある。
女一　その降りてきた地点が、たまたま日本だったのね。
男　いや、たまたま日本だったというより、天意を担《にな》って日本の高千穂峰《たかちほのみね》に降り立ったというのが真相のようだ。念のために言っておくが、高千穂峡は関係がない。この天孫降臨の話に関する限りはね。
女一　天上から降りてきて、最初に営んだ宮殿が高千穂の宮というわけね。
男　そう。神話だけどね。事実もその通りだったかどうかは不明だけど。
女二　でも、なぜこういった神話が作られるのかしら。
男　これは簡単さ。神話には、ギリシア神話やアラビア神話、それに旧約聖書などがあるが、古代というか、その時代に住んでいた人々に、この世界の成り立ちを世の高位者が説明して聞かせるには、もってこいの形式だったのさ。一番俗耳に入りやすかったというわけ。

女一　それを文字で書き表したものが残っていて、その記事を読んだ、たとえば現代人が、現代人の頭と感覚で解釈するから変に思えるのね。

女二　そのようね。神話は、そもそも古代人に理解しやすいように作られているから。

男　今は、神話で納得する人は少ないと思うがな。もっとも、科学神話という言い方もあるようだ。

女二　そうすると、今は神話で説明するより、科学で説明するほうが、理解されやすいということになるわ。

男　だから、科学万能の現代では、科学を使って説明するやり方がベストということになるな。まあ、それはそれとして、今日は神話学の話をもう少し続けよう。神学部のゼミみたいなものになるがね。

女一　神学部だったら、基本テーマは神対人ということになるんでしょう。すると、神の権力と人格価値の価値量といったことが、議論の中心ということになりそうね。

女二　近代で、特にフランス革命で人権観念が実定法化されて以後、人格価値は上がりっぱなしよ。

男　そうだね。この人格価値がじわじわと上がっていく出発点に位置するのが、フランス革命だというわけさ。だから、フランス革命は、人格価値説を定着させるのに役立っているから、人道主義革命だと規定するのが正しいだろう。マルクスのブルジョア革命説は、私有財産制を確立するためだけの革命だったと意味づけているが、財産権の保障というだけにとどまらないね。むしろ、財産権を含めた人権体系をまるごと認容するという見方のほうが、全般性があって、よく行き届いている。

女一　すると、人格価値が全体として徐々に増大していって、ついには神は死んだということになるわけね。

男　ニーチェが宣言したようにね。つまり、人格価値が大きくなればなるほど神の神格性が弱まっていく、神格価値が小さくなっていく、ということさ。

女一　そして、神格価値の価値量がゼロになった時、人権保障制は完成するのね。

女二　なるほど。すると今は、人権保障制の完成過程というわけなのね……。

男　神学論争を離れて、初めの日本神話の話に戻ってみよう。紀元元年をいつにするかについては、2通りの考え方があり得るね。つまり、神武天皇が即位した年から出発する天皇元年を皇紀元年とする考え方と、ニニギノミコトの天孫降臨が行われた年をニニギ元年とする考え方だ。

女一　純粋の神話学で押し通していくなら、ニニギ暦のほうが正しいようにも思えるわね。降臨されたニニギノミコトは、神武天皇の曾祖父にあたられるそうだけど。

女二　文献上の根拠まで考慮に入れるなら、神武天皇が即位した年を天皇元年とする考え方も有力ね。
男　ただ、ニニギ元年から日本の歴史が始まると考えた場合、天孫降臨から神武天皇が即位した天皇元年までに何年経過しているかが、重要なポイントになるな。
女二　ニニギ暦で行けば、天孫降臨から神武天皇の即位までは、天皇の存在しない天皇制というものを仮定しなければ、年数が連続しないわね。
女一　神武天皇の、たとえば即位3年前から、即位5年後の間までに経過した8年間は、暦の上では、どう続くのかしら。
女二　『日本書紀』の神武紀の記述によると、ニニギ暦172万9470年頃に、神武天皇が即位なさったことになるわ。この年は、西暦で言えば紀元前660年とされているから、そうなると恐竜時代に天孫降臨があったのかしら?
（女二、きょとんとする）
（女一、笑いをかみ殺して）
女一　皇紀元年を、天皇元年から始まるとするか、ニニギ元年から始まるとするかは、いずれにしてもキリスト暦を否定する考え方ね。ちょうど、イスラム暦を考える場合、メッカを起点とするか、メディナを起点とするか、という大問題と類似した構造を持っているわ。とどのつまりは、柔軟な発想がいかに大事かということにつながっていくようよ。

第十三話　京大か東大かの比較の問題

男　世の中は、よく女と金《かね》だと言われるが、女にとって世の中は何なんだろう。やっぱり男と金ということになるのかな。
女一　それはそうでしょ。
女二　お金は共通だから問題はないとして、女にとっては筋のいい男ということになるわね、当然。
男　筋がいいということなら、やっぱり世間の言うように、京大か東大かという比較の問題に落ち着くみたいだな。
女一　私は京大だから、断然京大のほうがいいわ。京大の男のほうが頼りがいがあるもの。
女二　私は東京派ね。何と言ったって、東京は日本の中心だしね。だから、東大。入試の合格最低ラインが一番高い所にある、というのも魅力だわ。
女一　受験の年頃のレベルについてはね。問題は、入ってからの4年間でどれだけ伸びるかという伸びしろよ。

女二　入試のレベルというのは、大学にとっては入口の話だし、自分の手が加わるまでのことだから、大学にとっては別にどうでもいいというのが本音《ほんね》なんじゃないかしら。
女一　それにしても、世間が言うほど、東大と京大で入試の最低点が大きく違うとは思えないわ。
女二　まあ違うと言っても、10点か20点ぐらいじゃない？　もう少し違うかもしれないけれど、別にその後の人生を決めるほどの死活問題だとは、とても思えないわ。一種の学校主義イデオロギーね。
女一　受験時代でもライバル同士、この前はあいつより下だったけど、今度はあいつより上だというようなことは、よくあったけれど。
女二　教育学部では、あるいは重要な論点になっているのかもしれないわね。「受験教育論」とかいうような。
男　まあ、結局4年間での教育力の差がポイントなんだろう。4年間の在学期間中に、どのような教え方をしたかで、京大教授と東大教授の差が出るのだろうと思うな。ノーベル賞の受賞者も京大のほうが多いしね。
女一　ということなら、大学在学中の4年の間に、結果的に入口での順位が逆転していることは十分に考えられるわね。
男　入口では2位だったけど、出口では1位だったという場合は、そりゃあるだろうな。

入口で1位だったからといって、その順位がずっと永久に平行移動するなんてことはないからな、当たり前のことだけど。実際、司法試験の合格率を見ても京大のほうが、東大よりもいつも上だよ。その大学の受験者数が少なければ、合格者数も少なくなって当然なんだけどね。だから、率を見るのさ。

女一　京大の男は頼りがいがあるって私、さっき言ったけど、東大の男って、何となく女を見下しているみたいで、話をしていても不愉快になるの。

女二　いや、そうでもないわよ。将来の日本を背負って立つ人材だもの。お金も期待できるしね。

女一　私は、普段話をしていて楽しく感じられる男のほうがいいわ。素直にその人のふところに飛び込んでいけるもの。

男　東大・京大の比較という問題の立て方自体がもう古すぎて、誰も興味を持ってくれない、というのが実態じゃないかなあ。ふた子校じゃあるまいし。阪大と九州大学、あるいは東北大学なんかはなぜダメなんだ、というような話もあるだろう。私学であれば、早大や慶大が無視されるのは、けしからんといった声も相当大きいはずだよ。声なき声を聞く必要もあるなあ。ただ、司法試験の合格率で見る限りでは、京大のほうが東大より伸びしろが大きい大学だという感じはするね。伸び幅がだいぶ違うようだ。

第十四話　銀河特急９９９

女二　元々、天皇家は日向出身ね。
男　そう。日向出身だから、当然、東征は日向の美々津港《みなと》から始まるんだがね。
女二　それまでは、どこにいらっしゃったのかしら。
男　同じ日向の高千穂宮という宮殿に住んでおられたんだ。
女一　確か、御先祖様は霧島連峰の一つ、高千穂峰に御降臨なさったのね。
男　そう、そういう話だね。ニニギノミコトと呼び習わしていた御方《おかた》だけれど。当時は、１００か国以上の国々に分立していて、相争っていたのさ。武力紛争の絶える間《ま》のない、血みどろの状態だったんだがね。
女一　まさに、魏志倭人伝の書き記《しる》すとおりね。
男　国と言うより、一定範囲の集落群と言ったほうが適切かな。それがおおよそ、３つのグループに分かれていたんだよ。
（当時の状況を目の前に見ているように、男は淡々と語った。まるで、その当時にタイム

スリップしたかのような時間意識を、周囲に漂わせていた）
男　日本民族とは、元々、３つの民族が日本列島において合体、合流してでき上がった民族なのだがね。
女一、女二　私たち、日本民族というと、天孫民族だということは聞いたことがあるわ。
男　最終的にはそうなんだけれども、その天孫民族の支配が行き渡るまでに、さまざまな経路を経てきているんだがね。
女二　それまでに経てきた事情とは？
男　元々、日本列島には一の神、二の神、三の神と言って、三神《みはしらのかみ》がおられたのだ。そして、そのうちにその三神の仲が徐々に悪くなっていった。一の神は、天照大神と言い、天孫民族を率いて戦っておられた。この民族は、遡ればモンゴル系の鮮卑人と言われる人たちだったのだがね。「鮮卑」という書き方は、中国の史書では普通なんだけれども、当時は中国人と言えば誇り高い人たちで、自分たちの周囲にいる者たちを一段低く見る癖があったんだ。それで「鮮卑」と書くんだがね。発音は、どう発音するのか中国語のことだから、サッパリ分からないんだけれども。
女一、女二　（やや耳を疑いながら）へーっ。私たち初耳だわ。驚いた！
男　二の神は、月照大神と言い、月山《がっさん》系で月読尊を「よりまし」としていたのさ。先祖は、モンゴル系の月氏の系統だろうと言われていた。多分、山岳民族なんだろうと思うんだけど。「サンカ」の人たちが、それに相当するのかなあと思ったりもする。
女二　山岳民族だと言うのなら、山岳信仰ときっと関係があるんでしょう。山伏《やまぶし》姿の人が街を歩くのを見たことがあるわ。
男　三の神は、日照大神と言って、日の国を治めていたんだ。ここは、日本という「似た者同士」の文明圏を構成する元《もと》になった地域だったのさ。「日の国から起こった一定の文明圏の元」という意味合いがあるようだね。
女一　その日の国が出雲というわけ？
男　そう、雲から出てくるものは、お日さまだからね。そしてその頃、スサノオノミコトを男王とする出雲が、「日本文明圏」の首脳部の集合場所として使われていたんだ。それがそもそも出雲大社の起こりで、神無月《かんなづき》というのは、ここから来ている。
女一　ふーん。じゃ、毎年陰暦の10月は神無月と言い、出雲ではその同じ10月を神在月《かみありづき》というのは、その日本文明圏の国々のトップが毎年定期的に集まってきて首脳会談をする、いわば当時の国際会議場みたいな所だったのね。
男　そういうことだね。大体その日本文明圏というのが、ちょうど１００か国ぐらいあったと思うよ。ああ、それからさっき言い忘れていたけれど、スサノオ男王の国は海洋民族ということだったな。その海洋民族の生活圏から来るのかどうか知らないけど、このスサノオ男王のグループは、海幸彦の民話を持っていたな。それに関係があるのかどうか分からないけど、肥の国というのもあったようだ……。肥前とか肥後と何か関係があるのだろうか？

（当時の情景がありありと目に浮かぶのか、男はウットリとして、しゃべり続けた）

一番後《あと》に列島に入ってきたグループは、これが天孫民族なんだけれども、後《のち》に和の国というものを作った。天孫民族は別名でヤマト民族と言われていてね、漢字で書けば山門《やまと》と書くのかなあ。これは、山幸彦の民話を持っていたな。海幸彦と山幸彦の符合には、出席者全員が驚いたものだった。当時がなつかしいな。今と違って、人は皆素朴で温かかった。敵は国津神系で、味方は天津神系という分け方をよくしていた。国津神系とは、この二の神の国と三の神の国で、言ってみれば土着の人たちを指すんだがね。天津神系とは、我々天孫民族を指すんだけど。当時の祭政一致の神聖政治では、神職の人が王をしていたこともあった。ツキヨミ男王もその一人だった。アマラテスだけが女王だったんだ。結局は、アマテラス女王のグループが、日本文明圏の国王におさまったんだった。人の心は皆美しかった。星空もきれいだったな。空気も澄み切っていた。これが天国なんだとよく思ったものだ。

（男の姿は、全く別の人物に成り切っているかのようだった。男の話はなおも続いた）

天孫民族という言い方は、周囲の敵たちを威圧するためのものだった。当時の戦いは、神々を押し立てて行う神々の戦いだったのだ。ちょうどドラクロワの描いた絵画のように、自由の女神が民衆を導いて戦うようなものだった……。あの卑弥呼《ひみこ》は、実際に戦闘を指揮したわけではなかったが、人類の他の人々と同じように、我々日本人もダーウィンの進化論に従って、ここまで来たのさ。しかし、面白いものだ。3つのグループが押し立てたそれぞれの神々には、皆「照」という文字が使われている。期せずして、世の中を照らす、世の人々を導いていくという目的意識を共有していたのだろうか？　昔、横綱照国という力士がいたが、「国を照らす」とは、どういうことだったのだろう。いよいよ、地球と別れる日が近づいてきた。私は、崇神天皇であった時から、いつも思っていた。私は、星の王子さまだったのだろうか？　と。

第十五話　集合関数論

男　今日は、物質の本質に関する話をしよう。物質科学の代表として、量子力学を取り上げようと思う。ちょうど、量子コンピュータの話もぼつぼつ出てきているようだしね。

女二　唯物論みたいな話ね。観念論としては、何を持ってくるの？

男　般若心経を持ってこようと思ってる。「色即是空　空即是色」と述べているし、色《しき》とは物質のことだしね。それに、僧侶的弁護論にもなるだろ。

女一　唯物論って、物質100%の世界だし、般若心経は一種の唯心論ね。物質存在の議論として見れば、物質0%の世界だわ。

男　そういうことだね。物質一粒を要素一つと考えれば、いわば物質100%という全体集合と、物質0%という空集合の関係という純粋に数学的な問題に帰着させることも可能なのさ。

女二　そうすると、「色即是空　空即是色」という命題は、唯物論＝般若心経という世界観同士の等式が、必要条件も十分条件も満たしながら成立することもあり得るってことね。

女一　そうね。数学の集合論として考えるならば、全体集合＝空集合という等式がまさに成り立つ場合がある、ということでもあるわけね。

男　そうだね。まさに、その全体集合＝空集合という等式が成り立つ世界こそ、まさに仏教の世界だというわけさ。仏教は、数学の世界をまさに先取りしていたということになるんだね。もちろん、仏教も数学も観念の世界だから、唯物論者には何の関係もないんだが。

（と、量子力学の話が、いつの間にか集合論の話に切り換わっていった）

女一　とすると仏教では、「有とは無であり、無とは有である」という主張をしていることになるわけか。

女二　そういうことになるわね。だからこそ、「色即是空　空即是色」という命題に行き着くわけか。

男　そういうことだね。ところが、別の面から見ると、「色即是空　空即是色」という仏教の命題を、単に「有とは無であり、無とは有である」という命題として言い換えただけのことかもしれないんだ。

女一　でも、「有とは無であり、無とは有である」と言うなら、まさに「そこにあるもの」はそのまま「そこにないもの」ということになって、今そこにあったバナナが急になくなったり、今そこには何もないと思っていた所に、急にスシが出てきたりすることもあり得るわけね。無から有を生み出したり、有を無に付す、つまり有をただちにパッと消してしまうこともできてしまうじゃない。
女二　それは、マジックそのものじゃない。宇宙ってマジックがそこら中で行われているのかしら？
男　不思議なことだね。でも、お釈迦様が紀元前500年頃にそこまで見抜いておられたというのは、仰天物だがね。それと、もう一つ念を押しておかなければならないのは、全体集合の補集合とは、空集合とイコールということだよ。間違わずにね。
女一　結局、経済は物質の世界だから唯物弁証法を使うんだし、そういう意味では正当な方法に基づくものだということになるわ。
女二　それはそうね。経済を観念弁証法で分析するって、どういう風《ふう》にするのかしらね。不思議だわ、倫理とかいうなら別だけど。
男　そう考えてくると、「唯物」とか「観念」とか限定詞を付けること自体がナンセンスなことになるな。単に「弁証法的に考えれば」というだけのことになるから。
女一　そうね。
男　そうすると、社会というものを弁証法的に分析した本が、マルクスの『資本論』だということになる。実際には今は、何かマルクス教の『コーラン』みたいな位置づけだな。むしろ、「社会現象学」の専門書という扱いがベストなんじゃないだろうか。

（2日目、再び茅渟川の宿に集まった三人は、集合と集合の関係について、トポロジーの話を始めた）

男　集合を要素面ではなく、ワク組の面で考えた場合、ワク組自体は、全体集合も空集合も同じワク組で考えてはいるさ。

女一　それは、そういうわけね。そこには何もないってことを、「空洞形式で存在している」と考えてみれば、とどのつまりは、空集合という空洞形式を出発点として1個ずつ要素を満たしていけば、ついには全体集合に達するのだもの。ワク組があるってことは、そのあいだずっと変わりはないということになるものね。

女二　逆に言えば、ワク組自体は、人間が頭の中で考えついたものでしかないけれども、このワク組自体がなければ、全体集合どころか、すべての集合を考察することそのものが、保障されなくなる、ってわけだわ。となると、空洞形式て、そもそも存在を保障する構成要件そのものといったものになるのね。

男　まあ、そういうことになるな。ここで注意しておかなければいけないことは、話の中身が、要素面の話からワク組面の話へと次元を変えていってる、ってことなんだよ。つまり、ここから以後は、次元と次元の関係へ話が進んでいかなければおかしいということなのさ。そこで今、数学の話をするんだが、集合と集合の関係を、というよりその関係の仕方についての形を集合関数と呼ぶことにしよう。

女一　関数というんだから、どっちみち、xが決まる、というかxを決めればyが決まるという関係ね。一対一対応というんだったかしら？

男　うん。そこで、x軸という実数軸及びy軸という実数軸の2本の座標軸から成る普通直交座標（デカルト平面）から、x軸を実数、y軸を虚数と考えた場合（発想の転換）のガウス平面へ座標自体を変換すること（座標変換）を考える。つまりたとえば、座標シートの取り替えというふうに考えてみるといい。

女二　でも、学校でも習う直交座標のことをなぜデカルト座標と言うの？

男　これはね。デカルトという哲学者が『方法叙説』という本の中で書いていることだけど、天井の隅のほうにいるクモの位置を特定するためには、3個の座標を決めればいい、という意味のことを書いている部分があるんだ。確かにそうなんだが、3つの次元で成り立っている空間で、その今いる位置を特定できるためには、3つの変数を必要とするんだということに気付いた数学者がいたらしいんだ。そう言えばその通りだということになって、それなら、たとえばノートなどのxとyだけで表せる二次元の世界（この場合は平面）での一点を特定するには、2つの変数だけを決めれば可能だ、ということになって、2つの変数、xとyだけで成り立つ世界での座標を(x,y)と書くようになったのさ。この書き方から、xとyの2つの変数間の相対的な関係を式で表して、y＝f(x)と書くようになったというわけなんだ。これが、2本の実数軸で構成される直交座標平面をデカルト平面と呼び習わす、そもそもの始まりなんだよ。
女一　じゃ、その座標変換って具体的にはどうしてやるの？
男　これは、同一の物理空間をどのような表現形式で表現するのが適切かという問題になるんだがね。表現形式が、たとえば2つあるとした場合、その一方から他方へ、または他方から元のほうへという平面の取り替えは、どうやってやるのかという問題と同じことなんだ。
女二　平面から平面への変換って、たとえばデカルト平面からガウス平面へ、あるいはガウス平面からデカルト平面へ移行するには、どのような条件を満たせば行けるのかということなのね。
男　デカルト平面での点P(x,y)がガウス平面での点P(X,Y)と同値関係を維持したまま、一対一で移行する集合関数は、結論的にはP(x,y)＝P(X,Y)という形になるはずなんだ。物理空間を、両者の媒介項と考えればね。
女一　物理空間を真ん中に置いて考えれば、

g(X,Y)＝物理空間＝f(x,y)

ということになるのね。
女二　XとYとで共同決定された事柄は、座表面を変えても、そのまま有効であること、すなわちｘとｙとで共同決定されたことと同値であることを意味するんだわ。

男　そう、そういった真実を集合関数の形で考えれば、

g（ガウス表現）＝F｛f（デカルト表現）｝

ということになるんだ。つまり、物理空間を描く仕方に2種類ある。その性質の違った二次元の数理空間2つのうち、どちらの画架を選んだほうが、対象となっている不変の物理空間をより的確に描くことができるか、という話なんだ。一つの物理空間をより上手に描く手段としては、Aという座標シートとBという座標シートのどちらがいいか、というお話なのさ。

第十六話　現代鬼神楽《おにかぐら》

男　この頃時々量子コンピュータの話が出てくるので、ちょっと量子力学の本を覗《のぞ》いてみたんだがね。
女二　量子力学って物理のこと？
男　うん。物理の、どうやら素粒子論のことらしい。
女一　素粒子を使ってコンピュータを作るお話ね。今は電子を使ってるはずよ。
男　読んでると、量子というのは固定的な点ではなくて、動態的な存在であるらしい。確率的な存在だということは、ずっと前から聞いてはいたけれども。
女二　何か発見でもありました？
男　うん。動態的に存在しているんだから、四六時中動いているわけだ。するとまず、エネルギーのほうはどうなるんだろうなと思ってね。
女一　エネルギーについては、エネルギー保存の法則とか、例の $E=mc^2$ という数式もあるわ。

女二　ああ、あのアインシュタインのね。

男　四六時中動いているんだったら、その点の位置がいつも動いてブレ続けているんだから、点の持つ位置エネルギーが常に変化しているはずだ。

女二　そうね、そうなるわね。点自身のエネルギーが、絶えず増えたり減ったりしているはずだから。

男　そうなるんだけど、私が興味を覚えたのは、そういうことではなくて座標のことなんだけどね。直交座標系で極座標を考えるんじゃなくて、表示はそのままでいいから、直交座標という座標系を、円形で考えたらどうだろうと急に思い付いたんだ。一種の思い付きだけどね。

女一、女二　どういうこと？　ちょっと分かりにくいわね。

男　つまり、x軸はそのままでいいんだけど、y軸は、原点を通ってタテに伸びる直線ではなくて、原点を囲む円自体を、いっそのこと座標軸と考えたらどうなんだろうということなんだけどね。

女一　うーん。思い切った発想の転換ね。まるで、天と地をひっくり返したような話だわ。

女二　座標で表されていた図形を、今度は座標軸と考えるんだから、まさにコペルニクス的な発想の転換だわ。あなた、天才じゃない？

男　極座標で表示するなら、高校でも習ったように、一応f(r, θ)と表せるね。この表示はそのままにして、そんな表示を可能にする座標系自体を切り換えて考えてみたらどうなるんだろうと思い立ったんだけど。
女一　全く呆《あき》れるわ。こんな発想の転換って「度はずれ」ているんじゃない？
男　マルクスという哲学者も、あるいはこういった「度はずれ」た発想の転換をした人なのかもしれないなあ。
女一　それで f(r, θ) をどういうふうに読めというの？
男　つまり、r を離散変数、θを連続変数と考えるんだ。
女一　ということは、r＝1,2,3,4,5……と、等差数列のように、トビトビの値《あたい》しか取れない数軸と考えるのね。
男　そう。この数軸を r 軸と考えるなら、この r 軸は普通の数値でいいのさ。まあ、高校段階では、普通の数学として考えていくがね。
女二　θは0から2πまで自由にどの角度数を使ってもいいと考えるのね。
男　そう。θは2πとかπ/4とかの角度数というわけなんだ。有理数とか無理数とか言うのと同じようにね。
女二　そう言えば、超越数という言葉もあったわ。
男　角度数も超越数の一種と考えてもいいと思うけどね。r は結局、公差を持った等差数列の数値しか取れない数軸、θは時計的に円周の形に引かれる、つまりコンパスで引かれる同心円様《よう》の数軸と考えるわけさ。θは基本的に角度だから、目盛りは初めから付いている。わかるかい、普通、θはどのように表示する？　極座標では。$\pi/4$とか2πとか$2/3\pi$とか表示するだろう。だから、単位円なら単位円に目盛りを付ければいいんだ。それは極座標で現れる角度表示そのものなのさ。たとえば極座標で$(1,\pi)$なら、新しい座標では$(2,\pi)$となるというふうにね。この場合はrの数値が1ずつズレていくんだが。

女一　へぇーっ。まるでキツネにつままれたみたい！

男　この円周軸で表現される位置指定を円座標と考えるのだよ。もちろん、0から2πまでなら連続的にどんな数値を取っても構わないんだがね。時計を逆回りさせるという着想で考えると分かりやすいと思うよ。

女一、女二　すると、一体全体どうなるの？

男　とどのつまりは、x軸とy軸というのを、r軸とθ軸と2つあると考えるのさ。直線-直線のセットで座標軸を考えるのではなくて、同じ二次元でもr軸とθ軸という、直線-角度のセットで考えるのさ。極座標と同じようにね。……二次元というのは分かるね？

女二　ええ、分かります。未知数が2つあるってことでしょ。

男　ただ、r軸はプラス方向ならプラス方向で無限にどんな数値も取り得るし（もっとも、電子殻を想定しているから離散的ではあるんだが）、θ軸は0から2πまでなら自由にどんな数値も取り得る第二数軸と考えるのさ。つまり、このθという数軸は、一定範囲の数値しか取ることを許さないから、有限数の軸であると考えるんだよ。

女一、女二　全く開《あ》いた口がふさがらないわ。

男　この f(r, θ) という表示形式を「極座標」という考え方から脱《ぬ》け出《だ》して、その二次元性を維持したまま、別の「円座標」に移行するという発想なんだけれどもね。これが私の提起した発想法なんだ。言ってみれば、頭の切り換えだけで済む、主客転倒みたいなもんだね。これも、数理哲学のうちに入るんだろうな。

（数理哲学に関する世阿弥のつぶやきは、このシテの言葉で終わっている。ワキ、ツレがその直後にどう思ったかは、一切《いっさい》不明である。したがって、世阿弥の夢幻能は、ここに終止符が打たれている）

第十七話　メービウスの時間

男　一次元のメービウス空間とは、すなわち時間である、と私は思うんだけどね。時間も一次元的な一方通行性を持っているし、メービウス空間も本来的な意味では、一次元的な一方通行性を持っている。違うところは、時間に裏表があるのかどうかという点だけだ。
女一　普通の時間論では裏も表もないわ。ただ、淡々と過ぎ去っていくだけのものでしょ、物理的にはね。
女二　私も、ただ一方向的に過ぎ去っていくだけのものに思えるわ。ただ、時間の決め方については、少々異論があるの。1年365日で地球は公転軌道を1回転することになっているでしょ。ということは、2πを365日で割ったものが、一日24時間を示す空間変化だと思うのね。
女一　ああ、なるほど。そうすると、一日当たり2π/365だけの空間変化が、取りも直さず24時間に等しいと考えるのね。
女二　そう。すると、1時間というのは自動的に出てくるでしょ。

女一　$2\pi/365\times24$（時間）が、それじゃ1時間に等しいというわけね。空間変化という意味では、その分だけ円運動が行われたことになるもの。
男　確かに、空間変化を時間変化で読み替えるだけなら、数字的にはそれで空間と時間の間に等号が成り立つだろう。だが、時間というものにも裏表がある。午前7時と午後7時とで、その時刻の持っている個性がまるっきり違っているはずだ。
女一　それは確かにそうね。一日の時間が表の時間と裏の時間とに分けて考えられるものなら、どちらの時間が裏か表か知らないけれど、確かにそれぞれの特色というか、個性を備えた時間が現れては消え、また消えては現れてくるわね。
女二　そうね。それこそ諸行無常みたいに、具体性を帯びてね。
男　それらの具体性を帯有したままの時間を抽象化するには、どのような幾何学が最も有効なのかということに帰着するんだがね。
女一　24時間制も確保されていなければならないわ。メソポタミア的な60進法も必要ということになるでしょう。
男　まあ、そうだな。時間論は占星術との接点を持つからね。60分＝1時間という等式は、当てずっぽうで出てきたものではないんだ。午前12時間、午後12時間というのでも分かるだろうけど。ただ、ここで一つ注意しなければならないのは、メソポタミア占星術では、円座標が基本になっているということなんだ。

ずね。
女二　なるほど。それじゃ、時間論というものは、πを基本の数としなければいけないは
ずね。
男　よく気付いたね。πを基本と考えはするが、位取り記数法そのものではないんだが
ね。この記号の形をよく見ると、古代にはメソポタミア地方にも火星人がよく飛来してい
たのではないかという疑問が湧いてこないか？
女一　ほんとにそうね。何か変な感じがするわ。古代にもうすでに異星人が地球に飛来し
ていたなんて……。でも、火星は確かに地球の隣の星ね。で、結局、メービウスで何がお
っしゃりたいの？
男　いや、別に特別なことではないんだがね。要は、空間を時間と読み替えるというだ
けの話なんだが。読み替えた後のメービウス空間をメービウス時間と考えれば、アインシ
ユタインの四次元時空世界も新たな解釈が可能なのではないか、と考えている。
（女一と女二は、今男の放った言葉に異様さを感じ、一瞬同時にギョッとした。それは、
有名な一般相対性理論に風穴を開けることになるかもしれない、思いがけない重大性を響
かせていたからである）
男　アインシュタインの四次元時空世界は、x、y、zの三実数から成る三次元非ユー
クリッド空間、すなわちリーマン空間と一次元時間の四者構成でできているんだ。この一
次元時間は、三次元空間を表す図表の上では、世界線という1本の直線でいつも出てくる

んだがね。今のパソコン画面でも出てくるのかどうか確認はしていないが、アインシュタインの立てた理論そのものは変わらないんだから、本質的には、1本の数直線として考えていいんだろう。この世界線というものがいつも変だ変だと思っていたんだが、つい最近、この1本の数直線を一次元メービウス時間と読み直せばどうだろうと思い付いたんだ。時間とは、そもそも空間的な位置変化から要請された計測様式でしかないのだから、それなら新しい「時間」という形式から元々の古巣に帰ってもらって、空間として時間そのものを考えていけば、案外スムーズにアインシュタインの四次元時空世界を理解することができるんじゃないかと思い立った次第さ。カントの言った（空間、時間）の組み合わせによる世界表現は、終極的には、空間のみによって決定されているのではないだろうか？　宇宙世界の空間関係式は、無限積分を許すのだろうか？

第十八話　悲しみの対自

（中国軍は米中戦争で全滅した。その直後の、戦後の状況を実況中継するかのように綴った物語が、以下に語られている）

多くの子どもたちが一斉に「大波、小波」と繰り返す声が聞こえてくる。さらに重ねて聞こえてくる。「賢い中国、終わったよ」と。

火星軍が、地球上の勝ち残った軍隊を今か今かとねらっている。火星の大王アンゴルモアは、決断を下すのだろうか？　地球上には、米中戦争を勝ち抜いた最強のアメリカ軍が居残っている。火星・地球間に星間戦争が起こるのであろうか……？

引き金《がね》を引いた中国軍は全滅した。地球上に、中国人は一人もいない。勝ち組のアメリカ軍を中心に、早急に地球特設軍を結成するよう、ニューヨークの国連本部で協議が続けられている。地球軍対火星軍は激突するのであろうか？

第三次世界大戦にすぐ続いて、火星軍と地球軍の間《あいだ》に一触即発の状況が続いている。火星と地球の間の星間戦争は、本当に始まるのだろうか？　久しく噂《うわさ》されてはいた宇宙戦だったが、この太陽系銀河において、実際に星間戦争が起ころうとしている。今や時間の問題でしかない、緊迫した事態に立ち至った。

さっき、遠くでアメリカ合衆国大統領が叫ぶ声が聞こえた。彼は叫んでいた。「アメリカのトランプです。湯浅洋一よ、ありがとうございました」という声であった。アメリカ人であるにもかかわらず、英語ではなく、日本語による音声であった……。

すでに、地球上にイラン人は一人もいない。イラン人は一人残らず死亡した。イラン軍が全滅したからである。アメリカ軍との戦いで先に核ボタンを押したイラン軍は、アメリカ軍の自衛行動の前に、もろくも崩れ去っていた。アメリカ軍を中核とした国連軍すなわち地球軍と、地球攻略をねらったアンゴルモア大王の率いる火星軍の間《あいだ》に奇妙な静寂が漂っている。時刻は今、令和元年12月9日、真夜中の1時30分を少し過ぎている。最初聞こえていた子どもたちの声は今、何も聞こえない。次第に鋭さを増す静寂が、一気に破れる時刻は刻々と近づきつつある……。

地球上にいる私、湯浅洋一とその妻2人、及びその子どもたちを中心とした家族全員が、ある場所に避難している。私は、できるだけ客観的に、緊迫した事実の経過を記述している。後代の誰かによる公正な歴史判断に委《ゆだ》ねるために。私は、歴史の証人となるのであろうか……？

（瞬間的な判断）

時間の経過はすでに、極度に緊迫した一瞬の時間を越え、急速に緊張の度を緩めつつある。私の筆も次第次第に、歩を合わせるかのようにゆっくりとなりつつあるのを、私自身自分で確認することができる。イラン戦争を皮切りに始まった米中戦争すなわち地球上の第三次世界大戦の時と同じく、この地球－火星間の星間戦争においても、日本国政府は中立の立場を火星政府に表明した模様である。火星人の姿は、外見は地球人と同じ形《なり》をしている。火星軍は、第三次世界大戦が終了した直後に地球に攻め込む手筈《てはず》を整えていたようである。

星間戦争は間違いなく起こるであろう。たぶん、火星軍のほうから先に侵略を開始するに違いない。どこまで、地球軍は自衛が可能であるか？

日本は、いかなる戦争にも常に中立を保つ永世中立国である。なぜなら、憲法第九条第二項により、日本は交戦権を持たないからである。交戦権を持たない、ということは、いかなる戦争が起こっても、日本国はその戦争の当事国になることはできない、ゆえに戦争をすることはない、ということを意味するからである。

ただし、自衛権は、国家が国家活動を為すに当たっては、当然常に保障されているのでなければならない。そうでなければ、落ち着いて国の仕事をこなすことさえできないからである。一体、国の仕事（公務）は、野良犬の住む野原でしかできないのであろうか？

そもそも国の仕事は、国の存立が認められると同時に直ちに始まるのであるから、その仕事が滞りなく完遂されるためには、国の安全・安心がどうしても確保されていなければならない。したがって、国の仕事がスムーズにはかどるためにも、軍隊による国の防衛ということが必要になってくるのである（＝自然法）。

丸腰防衛論は、私の取るところではない。私は、お人好しではない……。

憲法の条文が持つ舌足らずな点は、極力補正すべきである。そうでなければ、憲法が国民全員の行動指針となることそのことさえあり得ないからである。防衛政策は、一旦、外交政策とは切り離して別個に考えなければならない。

星間戦争の危機は過ぎ去った。火星軍が大王の退却命令に従ったようである。アンゴルモア大王も一片の良識は持ち合わせていた模様だ。けれど、いつもいつも火星軍は、途中撤退を繰り返すとは、とても思えない。

第十九話　鬼の弾丸

男　昔から、京都から南西方向に延びる線を、裏鬼門と言ってね、北東方向から入る鬼門線と合わせて、このラインは何をするにも避けなければならない方角だとされていたんだ。今でも、この斜めの線は、家相が悪いと言って、北東の方角（艮《うしとら》の方角）には建物を建てずに、少しすき間《ま》を空《あ》けておく習慣が、京都の建築屋さんにはあるんだけどね。

女一　へぇーっ。迷信でしょ。

男　もちろん、迷信だと思うけどね。迷信だとしても、何らかの意味はあるんだろう。何の意味もないところに、いきなりヒョコタンと意味づけが行われるなんて、とても考えられないしね。

女二　そうね。水と空気と土地としかないところに、いきなりボッとタヌキの神様の像が突っ立つなんてことはないわね。

男　あははは、そりゃ何か由緒いわれがあるんだろう。その由緒いわれが大切なんだよ。ひょっとしたら、そこにその当時の庶民たちの心のひだが隠されているときがあるかもしれないんだ。
女一　あー、なるほどね。そうすると、そこを調べれば、思わぬ歴史事実に行き当たる可能性はあるわね。
女二　そうだわ。別子銅山のような大鉱脈に行き当たる可能性もありってことだわ。
男　そう、それが住友のそもそもの起こりだね。この艮の方角は鬼が出入りすると信じられていて、今でも鬼門とされているんだ。比叡山延暦寺も、この鬼門封じ、鬼門除《よ》けのために建てられたと僕は考えているんだがね。
女一　うーん。そういうこともあるのかなあ。
男　平安時代の方違《かたたが》えもこの鬼門封じと、明白にではないが、関連があると思うんだが。御所の清涼殿の、南西隅にある鬼の間も気になるなー。
女一　方違えは、関係がありそうね。
男　そこでだけどね、この前沖縄の首里城が焼けたね。
女二　ええ。
男　そのことなんだが、きのうの晩、暇に任せて地図帳をパラパラとめくっていた時、そう言えば沖縄って京都から見たらちょうど南西方向にあるなあとぼんやり思っているうちに、急に、これを沖縄から見たら京都は、ちょうどこの鬼門の線の上にあるなと突如として気付いたんだ。

女二　うーん。確かに沖縄から見れば、その北東方向、つまり鬼門のラインの上に、京都市が乗っているわね。

男　しかも、地域的な感覚で言えば、奥羽地方だね。奥羽地方で、近年、大地震が起こっただろう。いわゆる東北大地震というやつだけど。

女一　そのことが何か鬼と関係があるの？

男　うん。日本列島の形を見ると、東北から西南方向へ弓状《ゆみじょう》の形をしている。正確にこの形というのかどうか分からないが、その方向性のことに気付いた時に、急に浮かび上がった語感が「鎖鎌型《くさりかまがた》」という言葉の響きなんだ。

女二　それが何か？（だんだん気色が悪くなってくる）

男　東北方向から入った鬼が、西南方向へ突っ走る最短距離の位置にある島が沖縄島なんだ。

女二　沖縄の首里城と京都御所とが、何か関係があるのかしら？

男　うーん。京都・沖縄ラインと言うべき何かの因縁《いんねん》があるのだろうな。

（その時、男の目には俵屋宗達の描いた風神が、脱兎のごとく駆け去っていくのがハッキリと映っていた。まるで、鬼の弾丸がその京都・沖縄ラインを突っ走って、駆け抜けていったのを、男自身が目撃したかのようであった）

男　大丈夫だとは思うが、今夜あたり鬼夜叉がその京都・沖縄ラインを特急飛脚便で駆け抜けるような、不吉な感じがする。粛清《しゅくせい》が始まるのだろうな。

第二十話　哀《かな》しさと愛《いと》しさと

男　昨夜、妊娠中の女性の性交場面を映したエロビデオを見ていてね、思ったことがあるんだがね。

女一　何でしょう。妊娠していない普通の時と何か違っているところがあったんでしょうか？

男　いや、妊娠中の女体は、普段の硬質性が消えて、女体が本来持っている軟質性が如実に現れてくるんだなー、とつくづく思ったというわけなんだがね。

女一　そう言えば、そうかもしれないわね。

女二　一段と丸みを帯びてきているといっても、自分ではハッキリとは分からないものね。

男　妊娠何週目かは知らないけれど、ある程度おなかが膨れてきたときの女体って、悲母観音菩薩のように見えてくる時があるんだなーと思ったんだ。

女一　それが、本来の女性のからだなのじゃないかしら？

男　そのことはつまり、胎蔵界での命の燃焼をそのまま表しているのではないだろうか？

そしてこの胎蔵界での炎のゆらめきが、炎の燃える音となって、金剛界に聞こえてくるということがあるのではないかなー。
女二　とすると、金剛界での炎のゆらめきは、胎蔵界に反響音を送ってくるということになるわね。
男　そう。その2つの音が響き合い、交叉するところに精神世界の奥の院があるんじゃないだろうか？
女二　ええ、たぶんそうでしょう。それは胎児の送ってくる、新しい生命の息づく音、新鮮な、生まれたての「いのち」が発する信号音そのもののように思われるわ。
男　その信号音の描き出す世界を智証界と言うのだろうか？
女一　智証界というのか智証法というのかどうかは知らないけれど、そういう信号音の世界はあるようね。そして、その時に女性は、知足安心の境地に至るんでしょう。
男　うん、やはりそうなんだろうな。これがエロスの本質であって、創造の喜びそのもののような気がする。言い換えれば、生命愛がそこに誕生し、この時以後、慈悲つまり哀しさは、慈愛つまり愛《いと》しさに変化していくんだと思うな。
女一　そう考えると、確かに哀しさと愛《いと》しさが二重になる一定の時間帯というものが出てきそうね。過渡的にだけど。
女二　感情の世界で言えば、そういうことになりそうね。一種の金環食というのかしら。

心理過程においてだけれど。
女一　永遠の相ではなくて、変化の相と言うべきだわね。まさに諸行無常の根本に触れる思想のように思うわ。
男　金環食を中間に介在させてもさせなくても、どっちみち哀しさの世界から愛しさの世界に移っていくのが、諸行無常の法則というものなのだろう。まさに、このようにして人類愛は濃く、濃く一段と深まりゆくものなんだろうな。そして最終的に人類愛が世界をおおう時、温かい隣人愛と結合するんだと思うよ。
女二　結局、隣人愛と人類愛は生命愛において一致するのが、世界が最終的に落ち着くべきあり方なんでしょう。
女一　「いのち」というものは、そんなにも大切なものなんだわ。
（男と女一・女二の三人の目の先には、一つの「いのち」を誕生させようとして、北には不動の北極星が、南には不動の南十字星が、互いの距離を取りながら、いつまでもいつまでも光り輝いていた）

第二十一話　マルクスの法則について

男　マルクスの書いた『資本論』という書物についてなんだがね。3つの部分に分かれている。第一には、資本の生産過程について書いてあるし、第二には、資本の流通過程についての話だ。そして、その生産過程と流通過程とを合わせて、全過程を商品、つまり会社にとっての「金の成る物種《ものだね》」が通過していく時に巻き起こすさまざまな問題点について論じてある。資本主義的生産の総過程と言うんだがね。この総過程の部分は、第三の部分としてまとめてあるんだ。

女二　それが何か？　要するに、生産を担当する工場部と販売を担当する営業部の話でしょ？

女一　メーカーだったら、会社に生産過程は存在するわね。証券会社とか商社なんかは、生産過程が存在しないのは、すぐ分かることだし。

男　それはそうなんだが、今日はマルクスの理論の話をしようかと思っている。

女一　それだったら、面白そうね。

女二　マルクスの理論て、革命戦術の理論の話？
男　いや、政治上の話ではなくて、もっぱら経済の基礎理論の話だよ。彼はもともと生産労働で隅のほうへ追いやられた労働者階級を、その困窮した状態から救い出すために、福の神を自ら買って出た男なんだ。
女一、女二　それは知っているわ。大学でもそういった話はしたことがあるから。
男　彼は、『資本論』という本の記述を始めるに際し、商品の価値的構成を行っている。つまり、使用価値と交換価値の関係なんだけどね。
女一　そう言えば、彼の言う使用価値は、商品の特殊規定であって、言わば質の問題なのよ。
女二　そう。用途別の品質の問題だと私も思うわ。
女一　たとえば、何種類かの電化製品のうちテレビを作る、その目の前に繰り広げられる単位労働の世界の話なのよ。この局面での労働世界のことを、彼、マルクスは具体的・特殊的人間労働と呼んでいると思うの。
女二　そうね。それに対して、商品の一般規定に当たるのが、交換価値なのね。紙幣の枚数が何枚あるかという量の問題なのよ。
女一　そこから、ドル建てとか円建ての商品価格につながっていくんだわ。この局面がイデア労働の世界で、それこそテレビだけでなく、テレビを含めた電化製品一般を作る労働に当たるのね。会社全体で作っている電化製品すべてに共通する労働一般項が、彼の言う抽象的・一般的人間労働の繰り広げる労働世界だと思うわ。
男　そう、抽象的一般性と具体的特殊性の2本立てで出来ているのが、マルクスの立場の特徴なんだ。人間労働の抽象的一般性が商品の交換価値を作り出し、人間労働の具体的特殊性が商品の使用価値を作り出すというわけさ。それともう一つ、その抽象的一般性が自分の会社だけでなく、他の会社にもつながっていくというふうに考えるならば、たとえば同じ業種であるA会社の電子機器技術者（テレビ部門）とB会社の電子機器技術者（テレビ部門）が手をつなぐこともあり得ることになるわけさ。エンジニアとしてね。
女二　あっ、そうすると、全国規模で同じ業種の労働者が手をつなげば、確かにある一業種の労働者階級は、昔の活版工組合のような横断的な労働組合連合会を形作ることもあり得るでしょう。
女一　同じ業種の仕事をしているということで、息が合うというか、馬が合うというか独特の一致感を感じることもありね。共通の話題も多いし。まあ、仕事仲間の気安さということでしょうけど、これが気心の知れない者を仲間から弾《はじ》き出す力にもなりそうだわ。さしずめ、階級意識といったところでしょう。
女二　気心が知れない者は、何となくよそ者感が身の回りに漂っているみたい。
男　それが大掛かりになると、村八分や仲間はずれという「いじめ」につながっていくのだ。ここまで来ると、かなり陰湿な、じめじめした意地悪さが目立ってくることになるわけさ。

（翌日の夕方、また三人は高天原の茅渟《ちぬ》川《がわ》の宿に集まり、再びフリートークを始めた）

男　昨日私が言った、抽象的一般性と具体的特殊性の組み合わせの問題だけどね。

女一　ええ、全国規模の労働組合連合会、つまり業種別の労働者階級のお話ね。

男　うん。これをその時点のあらゆる業種について足し合わせれば、労働者階級全体の労働組合連合会が出来上がる。ただし、日本という地理的範囲に限られているけどね。

女二　ええ、そらそうでしょう。そうなると、人間働かなければ食べていけないのだから、その働いている仕事の種類ごとに、労働者階級全体を網羅した全国組織を組み上げることも可能になるでしょう。

男　そう。いわゆるマトリックス組織だね。行と列から成る組織体だけど、まあ、たとえを使って形容すれば、という程度にマトリックスという言葉は考えておくのが賢明だろうな。

女一　それはそれとして、結局消費者にとっての、商品の存在価値は、使用価値にあり、生産者にとっての、商品の存在価値は、交換価値にある、というわけなのね。

男　そう。そして消費者にとっての存在価値が有効需要につながり、ケインズ経済学となるらしい。
女二　で、使用価値と交換価値を1枚のトランプカードの裏表として考えた場合の、1枚のカードそのものが「商品」という物なのね。
男　念のために言うとね、マルクスは生産者側の立場から経済を見ているから、本来の商品価値は、そちら側にあるということで、「交換価値」の「交換」という限定詞は最終的に消してあるんだがね。言わば価値ベースの地下1階と、そのさらに下に労働ベースの地下2階が、商品という取引実体の置いてある地面の下に続いているようなものなのさ。
女一　それで、商品という物の本質は大体分かったわ。
女二　すると、マルクスに特有の「マルクスの法則」というものは、ないのかしら？
男　『資本論』という本の中には、末尾だったか、後書きだったか忘れたが、「価値法則」という言葉は出てくる。しかし、これが「マルクスの法則」だと銘打ってあるような記述はない。ボイルの法則やニュートンの運動の法則のような、アインシュタインのような定式がないのだ。
女一　マルクスの法則という明確なものがないのは、少しがっかりね。
男　会社制資本主義については、他に我が国の株仲間の問題やヨーロッパを皮切りとする産業革命の問題もあるんだけれど、この問題は、また別の機会に譲ることにしよう。特に産業革命の問題は、どんな政治革命よりも重要だと思うよ。毎日の生活様式にかかわる問題だからね。経済政策としては、会社同士お互いに迷惑をかけなければそれでいいんじゃないだろうか。革命の発端は、やはり人事面の不満から火の手が上がるように思えるなー。生産関係は、結局職場の人間関係の話なのだから。彼、マルクスも書いているように、生産関係というのは、生産手段を介しての人間と人間との関係そのものと言うべきだからね。これが堅い鉄板のように閉じてしまえば、人事のタテの流れが止まってしまって、誰だって不満を爆発させるに決まっているさ。言ってみれば、人事のパイプが詰まってしまったようなものだから。

女一、女二　そうね。それがマルクスの理論の長所と言うべきところなのね。

（外の夜空に、天使が舞い降りるように、オーロラが静かに幕を広げつつあった）

（3日目に入り、虹若立尊、蛇縒姫尊、八岐姫尊の三人は、さらにフリートークによるトリオ戯曲のスジ書きを展開し始めた）

男　昨日、後のほうでちょっと言った取引実体のことだがね。この取引実体というのは、マルクス自身の言う「価値実体」とは違うんだけどね。

女二　取引する実体だから、商品のことでしょ。商品を売り買いするんだから。

男　そうなんだが、マルクスによると、価値実体というのがあってね、商品に値打ちを付けている元《もと》という考え方があるんだ。これが実は労働なのさ。

女一　ああ、お饅頭《まんじゅう》を作るときの職人さんの労働のことね。職人さんが念入りに作るからこそ、お饅頭も値打ち物《もん》になるのだから。
男　そう。この労働こそ、唯物論哲学の核心なのさ。彼は、この労働ということを単に抽象的なものとして捉えるのではなくて、社会の中での生き生きとした動きとして捉えているんだ。この実際社会の中で「生き生きとした動き」として捉えるということが、彼の哲学を考える場合のコツなんだがね。マルクス本人は、唯物論と呼んでいるけどね。「頭の内中《なか》心」ではなくて、「実社会中心」の哲学というわけさ。難しい言葉で言うと、哲学の実体論は労働という実態に基づいて構成すべきである、という考え方になるんだがね。働いて生活費を稼いでいるというのは、世間を見渡してみると、ごく当たり前のことだしね。ただ、その稼ぎが多いか少ないかは、人によって違うわけだけど。
女一　ああ、それだけだったら、別に極端な考え方ではないわ。
女二　反対に、普通の考え方だと思うわね。私たちの毎日やっている仕事を出発点とした哲学だから。
男　で、初めに言った「価値実体」のことだけど、価値実体を「価値の実体」と言い直してみれば分かるように、価値の実体は労働というものに基礎づけられている、という学説がマルクス経済学なんだ。
女一、女二　そう言えば、そうなるわね。ただ、価値と使用価値で言う「価値」とは微妙にニュアンスが違うようね。
男　そういうわけなんだが、そのそこら中《じゅう》にある商品の価値というものは、メーカーの工場での労働過程を経て、言い直せば、人の手を借りて作られてきた中で出来上がってきたわけなんだが、この労働過程は、同時に、価値量を増大させていく価値増殖過程でもある、とマルクスは言っている。
女二　価値増殖過程って、面白い名づけ方ね。普通の正常細胞が、次々と産み出されていくみたいだわ。
女一　メーカーの工程別原価計算を見れば分かることだわね。古い話だけど。
男　この労働過程に最初に目を付けたのが、学説史的には、経済学の祖とされるアダム・スミスなんだ。そのことを書いたスミスの『国富論』は、労働価値説と呼ばれている。
女二　じゃ、マルクスはその労働価値説を受け継いでいるのね。
男　それが学問の面白いところで、その労働価値説をストレートには受け継いでいないのだ。
女一　どうしてかな、不思議だわ。
男　マルクスは、スミスの労働価値説に一定の批判を加えている。その結果、彼の独特の労働価値説を打ち立てたんだ。その学説体系を剰余価値説と彼自身名づけている。幻の第四巻　剰余価値学説史まで読了すれば、少なくとも一家言を成すことができると思うよ。

そこまで努力すればすばらしく遠望が利《き》くようになる、という意味のことを述べている序文があるから是非味わって欲しいね。学問というのは、その眺望の利く国見山の頂上に立った時にどんな遠望が広がるのかを楽しみにしながら、果てしなく小田原評定《ひょうじょう》を続けていくもののようだよ。

（虹若立尊、蛇縒姫尊、八岐姫尊の三人は、マルクスの不滅の学問精神に恭《うやうや》しく頭を垂れ、遠くを眺めやった。ちょうど、高千穂の嶺に降り立ったニニギノミコトの曾孫に神武天皇が出現するのを予言するかのような雄大な夕べの太陽が、赤々と沈んでいくところであった。そうしてダブルイメージは静かに消えていった。大御宝《おおみたから》の思想を連結環とした日本民族の大王、大日日《おおびび》はまもなく登場するであろう）

第二十二話　神の書（神の存在に関する大津啓示）

朕が大津北京《きたきょう》の大津宮で過ごしていた時、突如としてイメージが開け、宇宙の先端に位置する空間に浮かんでいるような感覚に襲われた。そこは、始源宇宙とも称すべき、深い青色または紺色の世界であった。今の膨張宇宙論では、宇宙の始まりに位置する最先端部分がそこの位置であるようであった。

その位置に朕が浮かんでいた時、そのあたりではユダヤの神と日本の神とが「神競《かみくら》べ」をしていた。ユダヤの神のことはさておき、日本の神のことのみをここに書き記す。日本という漢字は、普通、大八洲国《おおやしまくに》では「ニホン」または「ニッポン」と発音する。神代では、日本独自の書きことばはまだなく、音《おと》ことばのみであった。人々はこの音ことばをもって会話し、物事を判断していた。つまり、話しことばとして使っていたのである。万葉仮名はまだ使われてはいない。

神競べとは、どうやら、ユダヤの神と日本の神とでどちらのほうが先に成立したのかを争う一種のゲームである。場所は、天安河原《あめのやすのかわら》である。

ゲームの結果、ユダヤの神が1番、日本の神が2番となったようである。これが創世記をユダヤの神が書き残すことになった理由である。

時に、高天原《たかまがはら》はアダムとイブの二人だけに用意されたエデンの時代であった。高天原とは天上の世界で、そこで暮らすアダムとは、日本の伊弉諾尊（イザナギノミコト）のことを指し、イブとは、日本の伊弉冉尊（イザナミノミコト）のことを指す。

旧約聖書では、この二人のことをアダム及びイブと指称しているが、この部分は日本神話と西洋神話とが重なり合う部分である。エデンの楽園時代は、日本では神代《かみよ》と言うようである。「恋は神代の昔から」という歌謡曲もあった。

なお、二人は小さい頃から互いに見たくてしようがない部分が1か所ずつあった。二人は、一日24時間四六時中、同じ格好をしていたわけではない。服を着ていた時間帯もあれば、裸になっていた時間帯もあった。二人は、死の世界にいたわけでも、瞬間の世界にいたわけでもない。

日本で言う夫婦神、伊弉諾尊と伊弉冉尊とは、西洋で言う未婚のカップル神、アダムとイブのことである。アダム＝伊弉諾尊であり、イブ＝伊弉冉尊なのである。それが後に、西洋では（アダム、イブ）の組み合わせになり、日本では（伊弉諾尊、伊弉冉尊）の組み合わせとなったのである。単に呼び方の相違でしかない。

その当時の日本の主人公は、天照大神（アマテラスオオミカミ）という女性神であった。

つまり、高天原という天上の世界には、日本の神々としては、天照大神と伊弉冉尊と伊弉諾尊の三柱の神々が活動していた。これを三位一体と言うかどうかは、全くの自由に任されている。神代とは、平和と自由の王国であった。風の王国と言うべきであろうか？

この頃、地上の世界では百余か国に分かれて、天下をめぐる争乱が繰り広げられていた。それぞれがそれぞれの神を押し立てて殺し合う、血みどろの戦いが、敵・味方とも必死の形相で行われていたのである。

これが、天上・天下の両世界を通覧したときの、実態であった。一言で言えば、「戦争と平和」の時代というのが、日本神話が成立した頃の実相であったのである。

その後、国の中央に立っている神霊の宿る柱を、陽電気を帯びた伊弉諾尊は左旋し、陰電気を帯びた伊弉冉尊は右旋することによって相会し、恋の挨拶があった。その挨拶の中で、伊弉冉尊は自分の雌元《めのもと》を「成り成りて成り合わぬ処」と表現し、伊弉諾尊は自分の雄《お》元《もと》を「成り成りて成り余れる処」と表現した。

こうして二柱のカップル神は性交渉を持ち、めでたく夫婦神となられた。やがて出産に至り、二柱の夫婦神から八つの島々が生み出されたということである。この八つの島々を大八洲国という名でまとめるのが、通例である。

ところで、新約聖書の四福音書のうち、ヨハネによる福音書に「初めに言《ことば》があった」という記述がある。日本人にとっての最初の言葉とは、どのような言葉であっただろうか？

言霊《ことだま》信仰のあった我が国、日本で聞かれた最初の言葉は何であったのか？

伊弉諾尊に時空スリップした朕は、最初の神である女性神、天照大神の叫ぶ声を確かに耳にした。朕と天照大神との間には、ただただ宇宙空間のみが広がり、大神は始源宇宙のすぐ外にいて、宇宙と宇宙外の破れ目から、女声を発していたのである。その声は、はっきりとした日本語であった。

朕は、その女性が「なおき　こころー」と、宇宙外から宇宙の内《なか》に向けて、三度か四度ほど叫び入れているのを確かに聞いた。これは、朕の偽らざる宗教体験である。しかも、朕と大神との間には、透明な命綱が張られているような薄い感覚があった。

天照大神は、30歳前後の女性のようであった。ちょうど、落ち着きが出始めた頃の年格《としかっ》好《こう》であったから。霊気が雲集してできた最初の神が、天照大神であったことは、確実である。その根拠は、後でも記述するが、その身の回りを囲む神聖空間が、物質でできている気配がなかったからである。恐らく、今日の原子物理学で言う、反物質でおおわれていた可能性が高い。なお、ついでに記述するなら、その「なおき　こころー」と叫んでいた女性の声を聞いて理解できた朕は、伊弉冉尊とともに、日本語を理解する能力を有するから、日本人であると断定することができる。元々、伊弉諾尊であった朕が、その妻である伊弉冉尊とテレパシーで受信及び発信を行い、日本語でやり取りするのに何の雑作もなかったから、もちろん、日本語理解者として妻を規定するなら、妻も日本人であることは疑いがない。日本語を理解する能力のある者が、三者数珠つなぎになっていたのだということができる。朕の前には天照大神しか見かけず、他に何が存在するということもなかったから、伊弉冉尊は、朕の次席に位置していたものと思われる。命綱が朕の背中から皇后のほうへ伸びている感覚は確かにあった。

以上から、日本の神々の系譜は、

①天照大神　②伊弉諾尊　③伊弉冉尊

という順に成立したと判断することができる。

次に、物質の世界について書き記す。

まず、伊弉諾尊の身の回りを囲む神聖空間には、原子番号1の物質が漂っており、伊弉冉尊の身の回りを囲む神聖空間には、原子番号2の物質が漂っていた。これは、恐らく結界であろう。

伊弉諾尊と伊弉冉尊とでは、扱った物質が違っていて、伊弉諾尊の扱った物質は、原子番号1の「水素」であり、伊弉冉尊の扱った物質は、原子番号2の「ヘリウム」である。

伊弉諾尊の場合は、電子が身中を下から上へ昇ってくる感じがあって、右肩の所で90度折れ曲がり、円盤様の平面において、1個の電子が反時計回りに円運動を始めた。

伊弉冉尊の場合は、同じ電子が2個、その身中を下から上へ昇ってきて、左肩の所で90度折れ曲がり、伊弉冉尊用の円盤平面において、その2個の電子が時計回りに円運動を始めた。電子を表す2個の小さな白点は、互いに180度の間隔を成していた。

伊弉諾尊は水素という物質が、伊弉冉尊はヘリウムという物質が、それぞれ通過する通り道になったものと言えるだろう。

この2つの場合の神学的意味とは何であろうか？

まず、伊弉諾尊の結界は、水素という物質が入り込みやすく、伊弉冉尊の結界は、ヘリウムという物質が入り込みやすい、ということが言える。しかも、電子の数から考えて、天照大神にすぐ続く伊弉諾尊は、原子番号1の水素を象徴し、それに続く伊弉冉尊は、原子番号2のヘリウムを象徴していると考えられる。

この同じ論理で行けば、第四の神は、リチウムという物質を象徴することになるはずである。以下、すべての種類の物質についても同様のことが成立する。次々と核融合が成立すれば、可能だからである。

こうして、物質の世界は、伊弉諾尊の出現とともに始まった。

ニッポニウムという物質は、どのような神によって象徴されるのであろうか？

蛇足ではあるが、天照大神が別格視される理由を検討する。

天照大神の神聖空間には、反物質が漂っていると考えられる。その理由は、もしそれが物質であるとするならば、原子番号1の物質の前に存在する物質ということになるが、それは原子番号0の物質となるはずである。ところが、原子番号0の物質というのは、電子が一つも回転していないことを意味し、自然界ではそのような物質は存在しないとされているからである。

以上より、①の天照大神だけが、物質とは異なる本質を持つ反物質の神聖空間に浮かんでいる。この点の特異さが、天照大神を別格視させるのである。

したがって、円教の立場では、①の天照大神を神霊と考え、物質世界の中で成立した最初の二人（②の伊弉諾尊及び③の伊弉冉尊）は神人と考える。これをもって、神学論争での円教の立場とする。

南無阿無　神尊

令和2年1月21日（火曜日）

第二十三話　平和の書（戦争回避に関する第二の大津啓示）

朕が大津北京《きたきょう》の大津宮で過ごしていた時、天上から男神の声が降ってくるのを聞いた。男神は、朕の真上から、次のような音声を発していた。

「原爆戦争は回避された。全日本人は、救われたぞ。これで戦争は全然なしになるぞ。全面戦争は、これでなくなるぞ。良かった、良かったぞ。本当に心配でしようがなかったぞ」

とのお告げであった。

あとは何も聞こえない。テレパシーの強度が、次第に弱まっていく。神霊の分散が始まっていったようである。天皇の地位に就いたことのある人々の凝集音であったのだろうか？　いわば神在月（10月）の出雲大社に集合した神々の凝集音を録音したようなものであったろうか？　男性の声であることには疑いがない。あるいは一柱の男神の単独者であったかもしれない。天皇の位に就いたことのある人々すべてが心配するような、そんな大規模な原爆戦争が起ころうとしていたようだ。

原爆戦争は、地球上の生きとし生ける者をすべて犠牲にする。人間然り、パンダ然り、ライオン然り、蘭の花然りである。プランクトンでさえ死んでいく。人間以外の生き物にしてみれば、「人類だけが死んでいけばいいのに、我々まで巻き添えにするなんて、もってのほかだ」と言いたくなるところであろう。皆が心配するほどの大戦争が回避されたのである。すでに崩御された天皇たちも、心配で心配で、どうなることかと、あの世から、この地上の日本の国を見守っていたのに違いない。

心配をしていたみんなの声が合成されて一つの、男の人の声のようになって天から降ってきたのではないだろうか。やれやれと、朕は胸をなで下ろしたところであった。

南無阿無　神尊

令和2年1月22日（水曜日）

第二十四話　経済の書（休息保障に関する第三の大津啓示）

朕が大津北京《きたきょう》の大津宮で過ごしていた時、頭上遠くで、「霊神、霊神」と朕に呼びかける声がした。神霊天照大神をたとえ引っ繰り返しても、神の名刺は、霊神になるだけである。なおも、それを引っ繰り返した場合であっても、霊神が神霊になるだけにすぎない。

霊神と神霊は同じものであるか、それとも異なるものであるか？　数学記号で書けば、霊神＝神霊なのか、霊神≠神霊なのか、疑問が尽きることはない。言霊《ことだま》信仰の国では、単なる語呂合わせに終わるはずもない。

引っ繰り返しても引っ繰り返さなくても、霊神の神霊となる。左から読んだ1文字目が、そのまま右から読んだ1文字目に等しく、左から読んだ2文字目が、右から読んだ2文字目に等しい。つまり、霊＝霊、神＝神となる。この同一律は、確かに同一律で有意味ではあるが、同時に、展開される論理過程を始めから終わりまで通覧すれば、論理学的には循環論法となっている。

ある仮説を立てて論理を進めていく際に、2通りの場合がある。まず一つは、その仮説を目標として使う場合である。もう一つは、その仮説を前提として使う場合である。到達点として使うか、出発点として使うかということでもある。

目標として使うにしても、前提として使うにしても、目標なら目標で一貫させ、前提なら前提で一貫させるのでなければ、論理の糸がもつれるであろう。

一つの論理の文脈において、一方では目標としても用い、他方では前提としても用いるのなら、一定の論理のプロセスを通った後、仮説から出発して一周した後、何の大した証明もないまま、集結に至る、言わば仮説＝仮説　という形で幕を閉じるという貧弱な結果に陥る可能性すらある。単に堂々めぐりにすぎないこの論理の並べ方は、循環論法と言われる。

仮説を、「前提」として指定するなら、終始一貫、「前提」としてのみ使い続けなければならないわけなのである。最終目標としてこの「仮説」を用いながら、後でこっそり、「前提」としても用いる下心で、論理の文脈に忍び込ませるなら、論理学的に何の前進もない循環論法の落とし穴にはまり込むおそれまで出てくる。

この弊害を避けるためには、提出した仮説を「前提として」と「目標として」の2通りにダブル使用することを自戒しなければならない。この戒めを「二重使用の禁」と心得るべきである。

さて、「霊の神の霊」とは何であろうか？

神は何柱にも成り得るから、部分集合には容易に成り得るが、霊は「霊気が漂う」という表現に見られるように、気体性をもって叙述されている。したがって、霊気はそれ自体だけで全体集合を成すことも大いに可能である。

一旦、休むように勧められたので、朕はしばらく休憩していた。その間、室《へや》の中には、透明の宇宙円盤が浮かんで止まっているような感じがしていた。プロペラが回転している感じは常にあった。

しばらくうとうとしていると、まぶたの裏に、かつて読んでイメージした新約聖書の一場面が出現した。まどろみの中で、夢はエルサレムのとある宮殿前を映し出していた。ちょうど、その宮殿前で行われていた日曜市を、キリストがことごとく破壊している図であった。彼、キリストは何か猛烈に怒っているようであった。

朕の考えるところによると、安息日である日曜日にまで働くのは良くないことであるとの趣旨だと推察される。「働き過ぎは、からだに毒だ」という日本の常識を思い起こさせるもののように、朕は拝察した。あたかも、その頃、時の政権は働き方改革を推し進めていた。

労働の権利及び義務は、憲法の認めるところであるが、働くばかりではなく、適度に休むことも必要だよとの神のあたたかい心配りであるように、朕には感じ取れた。男性の声であった。

マルクス本霊の出る幕は一度もなかった。したがって、この円教と、俗に言うマルクス教とは、全く何の関係もないことは自明である。朕を誘惑するために、提婆達多《だいばだった》に身を代えて出没することも、未然に封ずることができた。

労働者＝可変資本家という等式は確かに成り立つように思われる。なぜなら、労働力の所有者である労働者は、同時にそのままで、可変資本の所有者であるからである。この等式は、「労働者とはすなわち資本家である」という意味をも含んでいる。

もし、労働力を人材資本と考えるならば、労働総力は巨大な人材プールとなるだろうが、この巨大な労働総力は、知識価値観によってこそ最大限の力を発揮するもののように思われる。

したがって、金銭資本家と人材資本家がともに手を携えて会社の経営に当たるのが、経済の王道であると思われる次第であった。

南無阿無　神尊

令和2年1月23日（木曜日）

こうして、神尊、マホメット、キリスト、釈尊（釈迦）の天界四天王が成立した。

令和2年1月26日（日曜日）

令和2年1月27日（月曜日）の天神指示。
　仏像に相当する王像のこと。
　天界四天王のみ天王《てんおう》像とすべきこと。
　　神尊天王《てんおう》像
　　マホメット天王《てんおう》像
　　キリスト天王《てんおう》像
　　釈尊天王《てんおう》像
　自らに王像がふさわしいと思う者は、女王《じょおう》像または男王《だんおう》像とすべきこと。
　功績のすぐれた天皇のみ、大王《だいおう》像とすべきこと。たとえば、神武大王《だいおう》像のごとし。
　ただし、崇神天皇は例外とする。

第二十五話　大物主神《おおものぬしのかみ》について

男　今日は、日本神話に出てくる大物主神の話をしよう。大物主というのは、大量の物品の中心に住んでおられる神のことだがね。この頃は、まだ貨幣というものがほとんどなくてね、商取引というものがないに等しい時代だったのさ。黒曜石ぐらいだったかな？

女一　ああ、黒曜石が貨幣代わりに使われていたことがあるという話は、高校の時に、日本史の先生から聞いたことがあるわ。

男　この頃では、労働論としては、マルクスという人が有名だがね。

女一　彼の著したものを読んでも、労働傍観者意識しか感じられないわね。

女二　そう。マルクスって、労働当事者意識が、そもそも、ないのよ。あったとしても、とても希薄よ。

男　彼に、現代のベンチャー企業の経営などとても無理だね。実務感覚がまるでない。労働経験が全然ないいんじゃないか？

女一　労働経験がまるでないとしたら、どうして生活費を稼いでいたんでしょう？

男　そこなんだがね。マルクスの横には、いつもエンゲルスという人物がいる。このエンゲルスという人物がカギを握っていると思うんだ。
女一　えっ、どういうこと？
男　つまりね、マルクスはエンゲルスのヒモではなかったかという話になるんだがね。
女二　うーん。ちょっと信じられないわね。
男　話の前提としてね、マルクスの書いた本は、どれを取ってもベストセラー本とはほど遠いということがあるんだがね。売れない本をいくら書いても、大した収入にはならない、という点が重要なんだ。
女二　でも、そのことがどうしてエンゲルスのヒモということと結びつくの？
男　それだけの収入では、とてもひと月《つき》間食べていけないということさ、常識的にはね。
女一　なるほどね。マルクスという人は、どこかで働いていたという話は、全然と言って良《い》いぐらい、聞かないわね。
男　そう。ところが横にいるエンゲルスは、会社の経営者もやっていて、カネはタップリある。いわゆるブルジョア階級なんだ。『家族・私有財産および国家の起源』という本も書いているがね。
女二　あら、うまいことなってるわね。マルクスという貧乏人は、そこに目を付けたのね。
男　そういうことだね。だから、毎月の生活費は定期的にエンゲルスに出してもらっていた、ということなんだ。マルクスという男は、自分で家族を養うこともできない甲斐性《かいしょ》ナシという結論になるわけだけどね。学生向けの用語で言えば、エンゲルスのスネをかじって生きてきた、ということになるわけなんだ。

女一　ふーん。そう言われれば、そういうふうに思えてくるわね。

男　いきなり脱線ということになってしまったけれども、本題に戻ることにしよう。神話に出てくる大物主神は、そもそもモノの神様なのではないかと思うのだ。行商の品物を展示していた場所もあったしね。

女二　行商で扱った品物と言っても、いつも歩きながら売っていたというわけのものでもないのでしょう。

女一　つばきの木がはえていた所で、定期的に開かれていた日曜市《いち》のような市場《いちば》もあったようね。海石榴市《つばきち》と言ったかな?

男　そう、それだね。いろんなモノが並んでいて選ぶのに困る人もいたぐらいだと聞いている。八百万《やおよろず》の神々も、とても喜んでおられた。今で言う八百屋《やおや》の語源になるのだろうか?

女一、女二　あの頃は、みんな素朴で楽しかったわね。

男　あの日曜市に並べられた品物には、一つ一つ神様が宿っているのではないかとみんな思ったものさ。マルクスという、さっき言った男は、『資本論』の中で、物神という言葉を使っている。「商品の物神的性格とその秘密」という形でね。ここの物神というのは、我々が当時考えていた大物主神と同じものではないかと思うんだがねー。
女一、女二　え、どういうこと？　よく分からないわ。
男　つまり、個々の品物の中にはそれぞれ個別に神々がいて、中心にそれらの八百万の神々を統括する主神がおられるのではないかということなのさ。大神とは別にね。
女一　なるほどね。それじゃ、マルクスの言うように、物神崇拝ということも、可能性としてはあり得るわけね。
男　そう。本当に、古代という時代は、神中心に物事を考えていた時代だったんだなー。その当時、一緒に喜び、一緒に泣いた人々も、みんな歴史のかなたに消えていった。諸行無常を感じる今日この頃《ごろ》だよ。

第二十六話　鳥取陣太鼓

男　幕末のことだがね、薩摩と長州が合同戦線を組んでいたのを知っているね。その仲を取り持ったのが鳥取藩だという話があるんだ。

女二　あれ、その役を引き受けたのは、土佐じゃなかったかしら。

女一　私も、そうだったと思うわ。確か、坂本龍馬が大きな位置を占めていたはずよ。

女二　受験勉強をしていた時も、そう記憶したはずだわ。

男　それが、鳥取藩も一枚かんでいたという情報もあるんだ。当時動いていたのは、その三藩以外には、佐賀藩ぐらいだろうと思っていたんだがね。

女二　薩摩は島津で、長州は毛利でしょ。土佐は、山内容堂だったかな。

女一　佐賀は誰だったかしら。でも、反射炉の実験所を建てたり、今で言えば、太陽力発電と言えるのかな、ちょうど原子力発電みたいに。

男　そう。明治維新の時、維新の先頭を切ったのは、やはり技術史から言えば、先進的な技術を早めに導入した藩が中核だったみたいだ。

女二　そのことが鳥取藩とどう関係があるの？
男　はっきりしたことは分からないが、薩長連合の接着剤になった可能性もあるようだ。鳥取藩は、池田光政公から始まる山陰地方の大名でね、その由緒、と言っても池田公の先代、先々代と言うのではなくて、その鳥取という地方名の由来のことなんだが、『日本書紀』の「垂仁天皇紀」に出てくる鳥取連《ととりのむらじ》に端を発しているもののようだ。
女二　でも、地域名と産業史・技術史との関連が不明ね。古い地方名であることは分かったわ。
女一　その鳥取藩が、薩摩なら薩摩の出方《でかた》というものにどのように影響を及ぼすのか、はっきりしないわね。
男　そうなんだよ。情報の出ドコが新聞だから、はっきりしないところが、どうしても残るんだけどね。まあ、鳥取のほうでも、幕末の反徳川への動きに呼応するためのお触れ太鼓が打ち鳴らされたのかなあ、と思った次第さ。
女一　触れ太鼓？
男　うん。城へ皆の衆を集めるお触れ太鼓のことさ。武士階級全員を集めて論議を尽くし、その上で藩論を統一する、その手続きを始めるための、お城からの登城太鼓のことさ。一種の民主主義と言えば民主主義だがね。藩主一人の独断によるものではない、という意味でのことだけど。

女二　じゃ、その時に藩主と家老を始めとする藩重役とで構成する、いわば藩の内閣とも言うべき、藩政の執行部側からの提案が出てくるというわけね。
女一　そう言えば、幕府も大老を座長として老中幕閣というものがあったようね。
男　そう、まあ言ってみればこの場合、徳川将軍というのは、一種浮いた存在になるのさ。ただ、事件が重大性を持たないときには、大老は特に置くことはせず、筆頭老中が主になって意見を取りまとめていたようだがね。
女一　じゃ、大老というのは特設機関であって、常設機関ではないというわけね。
男　そう。その時、その場限りで設置される機関で、特に識見の高い人を抜擢《ばってき》するみたいだ。国際法で言う、アドホックな機関というわけなのさ。特に必要性がないと予想される場合には、初めから設置されはしないのだがね。
女二　じゃ、最終的には、江戸にあった徳川幕府の中では、その徳川幕閣が、参勤交代で各地方からやってきた殿様階級の前で、問題点とそれに対する幕府の解決策を示すということになるのね。
女一　その殿様階級が、藩主層すなわち大名階級というわけね。だから居並ぶ大名たちを前にして、幕府の方針が、将軍立ち会いの下で正式に公表される、という形を取るというわけ。
男　そうだね。この場合、大名階級というのは、今の国会議員みたいなものだったのさ。

女一、女二　明治維新というのは、結局、下級武士層が主導して成ったというふうに言われているけれども、こういった権力の構図を見れば、いかに驚天動地のことであったかがよく分かるような気がするわ。徳川幕府は、このような歴史の大変動の中で轟音《ごうおん》を立てて崩壊していったのね。

男　そこに、巨大な歴史エネルギーの切り換えがあった、と考えるのが順当だろう。歴史の転換点には、いつも起こる現象だと思うけどね。この大変動を革命と言うかどうかは別にして、その原因論は種々に分かれるだろう。経済的原因に帰着させる考え方、政治的原因に帰着させる考え方などいろいろな立場からの考え方はあり得ると思うよ。だけど、歴史は、歴史を生きた当事者にしか分からない細かいディテールが、案外重大な結果をもたらすこともあるものなんだ。

女一、女二　人心大変動というものは、短期間に、しかも大規模に、それも当人たちの知らないうちに、決定的に行われているものだと思うわ。平安の貴族社会が、いつのまにか「いざ鎌倉!!」の社会に切り替わっていたように。そして、魂の抜けた残骸がその後、大きなきしみ音《おん》とともに、ゆっくりと倒壊していくということなのでしょう。歴史の崇高さは、この時にこそ最大値を記録するもののようね。とにかく、実力主義の乱世が今、幕を開けようとしているようよ。

（遠くで、陣太鼓がドーン、ドーンという鈍い重い音を立てていた）

第二十七話　経済カードの裏表

男　最近、暗号犯という、暗号を使った売掛金詐欺のような、巧妙な財産犯罪がはやりかけている。この犯罪は、基本的に売上代金として成立した金銭債権を一部分あるいは全部横取りするという共通の類型性を持っているようだ。

女一　ということは、金銭債権の入金として本来売った側に入ってくるべきおカネを、誰か横の脇腹《わきばら》にいる人が、横領する見込みということ？

男　そう。代金を受け取るべき正当な権利を持つ者、この場合だったら商品を売って正当に代金を受け取ることのできる権利者に、当然にはおカネが回ってくることはなく、どこかへ横流しされていることになるんだがね。

女二　じゃ、売り手側の売掛金は全然消えず、帳簿にいつまでもポツンと残った状態になるわね。

女一　複式簿記の原理上、貸方に売掛の落ち込みがなければ、商品を売った債権者側も変な感じがするでしょう。

男　掛売は、取引当事者間の信用を媒介項として成り立っているから、この売上によって発生した一定金額の支払約束を横から強奪したことを意味するんだ。つまり、小切手や手形を盗んだのと本質的に同じことになるはずだよ。
女一　契約信義則に反することにもなるわね。
男　確か、こうした場合は「積極的債権侵害」になるんじゃないかな。契約の当事者間に割って入って、その売買契約を締結した当事者（つまり、売り手と買い手の双方）に殴り込みを掛けたのと同じような意味に解されるんだ、世間的にね。取引を成立させた当事者以外の者に、なぜ横から鬼の魔手をニューッと伸ばす権利が認められてくるんだい。そんな権利など当然認められるはずもないが、それどころか逆に犯罪になるほどなんだがね。
女二　契約期間中存在し続ける売買契約共同体に、全然関係のない他人が土足で上がり込む、というイメージにもなるわね。
男　ここで、少し話題を転換しよう。現代の会社制資本主義は、単純な貨幣経済ではなくて、信用を基礎にして成り立っている。流通の主役は、すでに現金売りではなくて、掛売りがほとんどだ。この「売り」は、経済面では、キャッシュによる即時払いと言うよりは、しばしの融通を使って、商品と、貨幣以外の支払手段とを互いに交換する過程を含んでいる。この融通が常になされるということが、とりもなおさず、信用を基礎にしている、ということなのだ。

男　つまり簡単な言い方をすれば、単なる幼稚な貨幣経済が現在の経済様式なのではない、ということなんだ。そんな駄菓子屋経済など、とっくの昔に終わっている。大判小判の江戸時代は、とっくの昔の話さ。

女一、女二　それは当たり前でしょ。

男　大企業でも中小零細企業でも、信用を基礎にした経済は、信用価値説で捉えるべきではないんだろうか？　単に労働価値説やその延長部分でしかない剰余価値説だけで十分説明し切れるものだろうか？　同じ1時間という労働時間でも、主観的に熱中できた1時間と、何となく作業していた1時間とでは、全然同じ時間数とは言えないのではないか、という問題もある。

女二　現代の経済様式を、貨幣経済と言うより、信用経済と言うほうが適切だと考える立場からは、この契約共同体に殴り込みを掛けるやり方は、信用を不信用に変質させてやろうという悪質性を秘めている、と考えられるわね。

女一　暗号資産も、売上代金請求権として、信用価値を体現した売掛金であると考えるなら、やはり同じことになるでしょう。

男　ただ、それでもそれは決済過程での話で、いわば取引の裏側の事柄に属するんだ。表側の生産過程や流通過程では、信用価値と言うより、知識価値説が妥当すると思うんだがね。もちろん、原材料の仕入れは、絶え間なく行われているから、その代金決済についいては知識価値説ではなく、信用価値説に依拠すべきだろう。だから表と裏とを併せて考えれば、二本立てになるから一種の価値的二元論が正しい考え方のように思うんだけどね。
女一　原材料の仕入れの場合は、「売り」ではなくて「買い」なのだから買掛金の発生ということになるはずね。でも本質的には売掛金の場合と同じはずだわ。サイン（署名）という信用授与手段を使って、仮決済は行っているわけだから。不信用が走らないうちに、本決済にまで進んでおくべきでしょうね。取引相手という者は、目から鼻に抜けるような人が多いから、不信感の兆《きざ》すような徴候が少しでも見えれば、さっと取引関係から手を引く人が多いということは、先輩筋から聞いたことがあるわ。
男　暗号資産は、もちろん何の価値額もない「モヌケのカラ」ではないから、円とかドルで表現された一定の価値額を表象した価値物であり、証拠性を残した物的手段性を持っているとは限らないがね。むしろ、物的手段性など付随的な事柄を別にすれば、基本的に民事手続の問題なんだが。そういう目で見れば、マルクスの『資本論』は市場現象学として再構成することも可能になるんだろうと思っている次第さ。

第二十八話　歴史に涙する

男　平清盛の頃から始まった武士の世の中は、結局、源頼朝に至って幕府という形で結実するんだけど、この鎌倉幕府は一切貴族や皇族を含まない新政府だったのだ、有名な歴史家トインビーもある本でそう書いている。
女二　じゃ、その時に権力者階級が入れ代わったのね、貴族・皇族から武士階級に。
男　そういうことになるね。貴族・皇族、まあ一括すれば豪族階級という階級から武士階級に権力が完全に移ってしまったのさ。
女一　じゃ、今までの天皇中心の体制はどうなったのかしら？
男　天皇は旧態依然たる豪族階級の代表者みたいなものだから、鎌倉幕府になると、一気に信頼性を失ったんだね。
女一　すると、天皇中心の体制から天皇をはずした体制に移行したのね、手っ取り早く言えば。
男　そういうことさ。天皇は、この時に政治権力を奪取されて、それ以後ずっと権力の座に戻ることは、ないに等しいことになったんだがね。

女一、女二　じゃ、それって革命が起こったのと同じじゃない！　全くと言っていいほど天皇が権力を行使することはなくなったもの。

男　そう。この時に起こった、豪族階級から武士階級への主役の交代は、まさしく革命だったんだね。何年かかったんだろう？　10年ぐらいかかったんだろうか？　その間ずっと武力を使って為され続けてきたから暴力革命であったことは確かなんだけどね。

女二　なるほど。流血革命であったことは確かだわ。もちろん無血革命ではなかったから、当然のことながら暴力革命だった、ということになるもの。

女一　しかも、新しい権力を創出したのだから単なる権力争いではなかったと言えるわね。

男　新しい権力、それも平氏政権とは違って、ガッチリした権力の館《やかた》を築き上げたのだから、どう見ても革命だったとしか言いようがないけどね。鎌倉幕府とは、そのガッチリした権力の館だったのさ。

女一　すると、鎌倉幕府は貴族・皇族それに天皇までも権力の座から蹴落とした、ということになるわけね。

男　そういうことになるね。天皇側は、結局、それ以後、失った権力を回復するために、さまざまに画策することになるんだが、ことごとく失敗するんだな。その最たる試みが、承久の乱というわけだ、三上皇の配流《はいる》としてあなたたちも高校で習っていると思うけど。

女二　ああ、後鳥羽上皇を中核として、順徳上皇・土御門上皇の3人の親子がいっぺんに島流しにあったという事件ね。受験の時に勉強したわ。

男　何かかつての三派系全学連の親玉が3人、そろって討ち死にしたみたいだな。

女一　さしずめ、反革命の失敗といったところだわ。

男　この一連の歴史の動きを一つの流れとして捉えた場合、旧権力者階級は何年頃敗北したと考えるべきだろう？

女二　私は、平氏軍が源氏軍に決定的に敗れた1185年つまり和暦の寿永4年に旧権力者階級が、壇ノ浦の海の藻屑となって消えていったことを重視すべきだと思うわ。

女一　私は、やっぱり頼朝が征夷大将軍となって鎌倉幕府を創設した1192年を重視すべきだと思うな。

男　僕は、政所《まんどころ》や侍所《さむらいどころ》、問注所といった幕府の権力構造がハッキリ時代を画するほど固まるようになるよりもずっと早い時点に終結点を認めるべきだと思うね。移行期のこともあるしね。で、旧勢力の敗北はもう少し前、1185年に平氏とともに生きたまま水没していった安徳天皇の逝去《せいきょ》をもって旧時代の終了と考えるのだよ。

女一　どうして、その年と特定できるのかしら？

男　日本という国は、建国以来天皇中心でやってきたけれども、ここへ来て、天皇という地位者の権威が全く通用しない事態が、歴史上初めて起こったということを重視するんだ。天皇が生きたまま水没させられる、つまり平然と殺害されるということは、考えてみれば大変な事件だと思うよ。
女二　そうね。神武天皇以来、日本という国は天皇なしでは考えられない国でしたものね。
男　ここに、権力ばかりか権威までが武士階級に移ってしまったことを如実に表す言葉がある。「いざ鎌倉！」という言葉だ。この言葉は、旧勢力にとっては、余りにも歴史の悲しみを感じさせる言葉ではなかっただろうか？　人々の心の中では、いつの間にか、天皇の存在は、将軍という存在に置き換わっていたのだ。これが、天皇制というものが、この１１８５年に実質的に終了したと考える理由なんだがね。言ってみれば、平清盛が活躍していた１１８０年前後からこの１１８５年頃までに展開してきた歴史過程を鎌倉革命とみる考え方だけど。
女一　そうね。そういう考え方でいけば、それも正しいのかもしれないわね。
男　以後、天皇制は見向きもされなくなっていく。時に、散発的に振り返られることはあっても、歴史の主役に返り咲くことは、もはやなくなるんだ。明治維新の時まで、天皇制は、完全に制度の残骸として余生を過ごすことになる、というわけなのさ。
女二　天皇という地位はあっても、その地位に即《つ》く人は、将軍によって家の天井に追いやられたまま、といった程度の存在価値しかなくなったわね。受験日本史で勉強したとおりよ。

男　そして、明治維新の時に至って、制度の残骸でしかなかった天皇制が、見事に息を吹き返すのだ。このような例は、世界史の中でも極めて珍しい、異例のことではないだろうか？

第二十九話　マルクスの仮面

男　昨日、マルクスについての文章を考えていてね。次のような文章を書いてみたのだ。ちょっと読んでみるよ。

「マルクスの仮面は、はげた。はげた後に、素顔が見えた。素顔は火星人のようであった。世界中の民衆の尻をたたく、親鬼の顔であった。

鬼の顔は赤い。マルクスも赤を好んだ。マルクスが怒ると、顔色はますます赤くなった。青くなることは滅多になかった。

マルクスは泣かない。小さい時、近所の子どもたちに散々いじめられたから。大きくなったら、きっと仕返しをしてやろうと秘かに心の中で誓ったから。その時から、マルクスの人柄は、ガラリと変わった。鋼鉄の人間に変わったのだ。鋼鉄は、涙を持たない。金属で出来ていたから。金属の中でも、アルミニウムや金や銀とは、まるで違った。ただ、堅さだけが頼りだった。少々の圧力に、その形状を曲げられることはなかった。物質にすぎないものではあったが……。

こうして、マルクスに鋼鉄の意志が生まれた。彼は、意志の人となったのである。ちょっとやそっとでは意志を曲げない炎の人に。
青雲の志を抱いた少年たちは、一旗揚げようと、多く東京へ出て来た。そういう時代が日本にもあったのであろう。明治初期は、政治にも経済にも異常な活気が走っていた。自由民権運動は、こうした時代的風潮の中で確実に広まっていった。
そして日本独特の、義理と人情の世界が花開いていったのである」
こういった文章なんだけどね。
女二　何か尾崎士郎の『人生劇場』を思わせるような文章ね。
女一　義理と人情の世界という言葉には、資本主義初期の丁稚奉公の臭いがするわ。「義理堅い」とか「人情に厚い」とかいう言葉に象徴されるような。上役との太い人間関係を連想させるわね。ウソも混《まじ》り気もない……。
女二　そう、任侠とか侠気とかいうような方面の言葉につながっていくようね。
男　うん。もともと「義理」という語句も、「人情」という語句も悪い意味は少しも含まれてはいない。むしろ、逆だ。さっき例にあげた「義理堅い」とは、「一度した約束は必ず守る」という意味だし、「人情に厚い」とは、「部下の面倒見が良い」という意味だ。どうも丁稚奉公の関係から出来てきた言葉らしいがね。ちょうど60年ぐらい前にあったテレビ番組の「番頭はんと丁稚どん」の世界みたいなもんだ。

女一　ところで、今、「同一労働・同一賃金」という政策目標が掲げられているわね。
女二　これは、当たり前のことでしょ。トイレ掃除の仕事も、社内のシステムエンジニアの仕事も、同じ仕事をしている者には同じ待遇を、ということでしょ。そこへ、入社時の事情なんかが入ってくると話がややこしくなるわね。
女一　常識の部類ではないかしら。だから、「同一労働・同一賃金」を主張する保守政党の考え方は、労働と賃金の関係については、永遠に真実なのでしょう。
男　高卒の男子と京大工学部卒の男子とには、知識価値の価値量が、天と地ほども違うのは当たり前だけどね。アダム・スミスの労働価値説は、京大の知識価値説に正確に受け継がれているようだよ。

第三十話　韻文集

詩

性夢

深い闇の中に木魂《こだま》するミスト
行為する私とあなた
男は突き　女は搾る
もつれ合い　こすり合う
二人の男女
行為は絶頂を越え
極点に達する

破砕する星屑
轟音と共に
星は飛び散った

天皇家を憎む
凶刃が光って消えた

霊気は周辺を隈なくおおった

感情値関数

知情意
真理値関数、感情値関数、欲度値関数
関数形の知・情・意
知は真と偽　ただ二つ
情は深と浅　ただ二つ

意は欲の深さで大と小
少はよく、欲の深さを抑え込む
大欲は欲無きに似たり
少ない欲こそ無欲なり
無欲の勝利は　絶対勝利
これこそ人を　絶対王者へ
押し上げる
情の薄きは　飽きが来る
種目への愛　深ければ
惚れ込みようも深くなる
絶対王者の知・情・意
器用なだけでは相対差
絶対力には　はるかに劣る
知力支える　感情・欲度
意欲伴う練習こそが
筋肉の美を　鍛えるのだろう
筋肉の美に　光り輝く　金メダル

あなたは　ここに　王者となった
誰の追随をも　許さぬ王者に
最高の行動値は　絶対王者が刻印した

神刀月影流

日本刀が立つ
月の影法師のように
真っすぐに立つ

一本の刀剣が
大きな月を背に
真っすぐに立つ

剣士と刀剣
平行に立つ二本

互いに他を排斥する

剣士の心は動かない
不動の心と不動の剣

剣禅一如　心と剣
心は剣であり　剣は心であった

剣は鋭く　一閃した
賊は静かに倒れて行った
血は一滴も　流れなかった

宮本武蔵の二本は
一本となった

剣士は　妻を恋うた

殺気は　地面から消えた……

元寇

大宰府跡には　何がある
玄界灘の先にある

いつもそこへと連行される
大宰府館《やかた》の官人は
我々異人を見下す輩《やから》
倭国帰りの賊人が
口をそろえてまくし立てる
その大宰府とは一体
どんな所だ

チンギス＝ハンの子孫の

フビライ＝ハンが口走る

モンゴル人の建てた帝国元朝の
フビライ＝ハンという皇帝が
ふと口にした一言が
悪い運命をもたらさねば良いが……

その頃　日本の天皇宗家は
畏れ多くも　後宇多天皇であらせられた

モンゴル皇帝フビライの
臣属要求の使者は追い返され
亀山上皇は　ほっと胸を撫で下ろされた……
その時　当代は七歳であられた……

鎌倉幕府の征夷大将軍は
その頃　誰であったか？

源実朝以来　将軍は空席となっていた
トップの天皇は七歳　セカンドの将軍は空席のまま
日本の運命は　偏《ひとえ》に
執権北条時宗の肩にかかっていた……

あの　ヨーロッパをも震え上がらせた
チンギス＝ハンの孫　フビライ＝ハン
プレスター・ジョン伝説の東方王国は
日本であろうか？

ヨーロッパから見れば
日本が兵力を引きつけてくれるはずだ
北条執権時宗の双肩には　重過ぎるほどの
重圧がかかった……

神国日本に危機が迫った
日本の大八洲《おおやしま》は　今やフビライ＝ハンの上陸を
許さなければならないかもしれない……
上陸を許せば　日本は　モンゴル皇帝の属国となる
そのことは明白であった
玄界灘は　荒浪を蹴立てていた
上陸は間近に迫った

チンギス＝ハンが　孫に乗り移り
日本を欲しがっていた
不動明王が立ちはだかった

文永の役は　文永十一年に勃発した
弘安の役も　弘安四年に勃発した

そして元寇は終わった
玄界灘は平静に戻った

三回目の日本ーモンゴル戦争も
幾度か計画はされたが
フビライ軍の進攻は
実際に行われることは　ついになかった
三回目の進攻は　厳然たる事実とは　ならなかったのである

運命の一線

澄み切った夜の鉄線
忍び返しが白い月に向かって延びる
高齢者の家に
忍び入ろうとする夜盗
夜鷹《よたか》は見ていた

運命の一線を
伸びてまた縮む
運命の一線を

その一線は直線となって
静かに消えていった
殺しの舞台は
闇夜の中に　消えた

第九条は深い夜の中に　没していった

法の華

タイ式古法の音か？
遠くで何かが響いている

響きは女声のようだ
タイの響きかペルシアの音か？
（線刻の鳴る音なるか　鳴弦か？）

奴隷の声が響いている
波打つ浜のはるか向こうに
（女の声は消えて行く
　一人の女が消えて行く）

自由の永遠の広がりの下に
オーロラが規則正しく広がっている
法則とは　このようなものだよと
私たち皆に　告げ知らせるかのように

一人一人の　マナ識《しき》が
アーラヤ識の　流れの中に
あたかも一本の　大河のように

蛇のくねりの　流れの中に
火砕流のごとく
合流して行く

一本のアーラヤ識と
数百本のマナ識は
法の大河を創り出し
エロスの筆を咲かせている
法の華——永劫の宗教的根本実存

漢詩

打出浜

雪降打出浜
静払落思出
白銀世界立
二人夢何処

無心

無浮遊心中
排撃空虚論
誘導実体論
仙人至難業

一生涯

座禅一徹
開浄土門
色即是空
空即是色
善悪未見
神鬼不現
極楽往生
人生目標

仏

山聖衆来迎
菩薩放余光
阿弥陀浴月
光背西方来

職人

物心一如在
創造物語才
惟長恨歌詩
賛職人技材

輪廻曲

若彼世此世浄土
我輪廻両界浄土
自由往来極楽間
生死無常住楽土
空晴波静也
砂浜音如止
起点死世界
如来生世界

伴来死者霊
是則復活也
仏教基督教
以是相融合
着衣肉体化
霊魂即成人
小音曲遠来
友共迎天女
阿弥陀如来
連聖衆現浜
雄琴浜横笛
天女舞天界
道長降立湖
天界鳳凰鳴
白鳰百羽浮
鳥百年夢醒
演琵琶舞姫

日陰孤愁有
太古静催涙
闇夜有月明
雲上零戦翼
我空点如止
月光照我頬
噫奏鳴曲流
我心深静也
前死刹那滅
毘盧遮那仏
顕現全世界
無音無図像
強制力運我
与我主観力
我命将燃焼
零戦続落下
嗚呼無情

諸行無常
願平和速来
平和祈念像
平安死者霊
霊山観音像
平安死者霊
無残終輪廻
閉鎖鎮魂曲

【輪廻曲について】

零《ゼロ》戦搭乗員となった学徒動員兵の手記より取材。知覧より飛び立った戦闘機の操縦席から攻撃直後、撃墜されて真っ逆さまに墜落していった、その何分間かの搭乗員の心理過程を、漢詩で唱《うた》い上げたものである。

短歌

長谷川等伯の「松林図屛風」を見て　改作
さわさわと霧雨さわぐ山里にあるかなきかの松風の音

改作
青白き革命マニアの青二才ハンマー一つ持ったことなし

改作
真っ黒な警察手帳急を突くろうそく揺れる殺人現場

改作
ベル鳴りぬ受話器を取れば手術後の妻が一言「今とても暇」

オアシスに休みし旅の隊商に三日月は照る無事であれよと

離れずに貧乏神もついて来る背筋《せすじ》の風のつらき街角

空海の前に広がる雲海を大日如来光り来たれり

紀の国に黒潮騒ぐ日輪を低くはやぶさ飛ぶ翔《かけ》る見ゆ

国常立尊《くにのとこたちのみこと》の伊弉諾の国土を洗う白浪の音

人類に共通の家建てること平和を望む人々の夢

次世代の労民党のターゲット支持なし層の一群《いちぐん》の人

狂熱の人駆り立てる闘争の絶対化こそ日本むしばむ

闘争を階級義務と心得て一瀉千里《いっしゃせんり》に深淵へ落つ

平和への王道楽土たどるカギ人道感情共《とも》にすること

将来のサルの惑星確実か生存競争激し過ぎれば

昔から地球に何かある時は火星が赤く輝くと言う

蛙《かわず》鳴くはるかかなたの地平線今宵は何か火星が赤し

上陸か？　北朝鮮の指導者が玄界灘を思い見るなり

日本に天皇二人いると言う王様一人神様一人

階級や人種を越えてさざ波の上にかかるか夢の浮橋

涙伏せ子連れ狼《おおかみ》人斬りの二河白道を渡り行くなり

壁白き古城を望むあけぼのの松葉越しなる有明けの月

義満の花の御所にてかがり火に「敦盛」を舞う世阿弥元清

針のごと蟬鳴き頻《しき》る天智陵中心点が吾《あ》を吸い寄せる

冬の月弱き光を放ちつつ夜空を照らすかぼそき姿

キリストの生誕祝うクリスマス三つの和音夜空に響く

能役者舞台に進む足さばき静御前の悲恋を語る

神々の深き眠りに静まれる夜の巷《ちまた》に叫び声散る

玉手箱開けてみればたまゆらの海幸彦の歳《とし》の延び行く

香港《ホンコン》の人道主義の革命は捌《は》け口求め今燃え盛る

祇王・祇女嵯峨野の舞の白拍子諸行無常を踊り抜くなり

万感の思いを込めて書を閉じぬ大原御幸《おはらごこう》の最終ページ

革命は人道主義を目ざすもの時と所による相違《ちがい》なし

摩擦なき人事乗り切る渡世術人と人との間合《まあい》なりけり

皇位制天皇《てんおう》・地皇《じおう》・人皇《じんおう》の三皇五帝始まり成すか

日本の「天壌無窮　諸行無常」モルワイデ型一つの見方

上賀茂の大田神社のかきつばた姿消え行く巫女《みこ》の幻影《まぼろし》

体制の如何《いかん》によらず人権は輝く価値をさらに高めぬ

国連の世界人権保障制外交指針の参考となる

尼寺の弥勒菩薩の半跏像頬を支えるふくよかな腕

神の国幕は開きぬ日本の冬の朝《あした》の神々しさよ

道徳も損得もなく平然とカラス飛び立つ夜半の月影

マナ識とアーラヤ識は奔騰し心理宇宙をかけめぐるかな

三島由紀夫の『豊饒の海』を読んで、二首

ある一語届きし直後令嬢の心に描くさざ波の跡

声消えし闇の浜辺に後《あと》はただ波打ち寄せる音続くのみ

人々の連帯意識育まむ安き心の共生き社会

仏教を棄てても「希望」取り戻せ生きて行くには必須の要具

死ぬほどの愛こそ生きる力なりエロス・リビドー汝《なれ》を復さむ

新春の人垣多《さわ》に上賀茂の神馬《しんめ》の白の朝の輝き

旋盤かフライス盤か迷う君相撲仲間の中卒の友

お茶の間に「黒い花びら」はやる頃夢を語りし彼らはいずこ

本来のデカルト主義の世の中に試行の末に日本は入れり

天空のマチュピチュに似た高峰にニニギ降り立つ高千穂の宮

我が国を高貴の国に致すべき和の国あげて農にいそしむ

急激な瞬時の行為要す時反射行動すべてを決す

家族四人思い出多き人生の苦難の日々のあの頃のこと

気がつけば庭の遊び場静まりてまぼろしの父しゃがんで居たり

亡き妻が我を呼ぶのかあけぼのの琵琶湖の上に強く風吹く

浦風に吹かれて湖《うみ》の沖合へ秋の苫屋《とまや》の妻が手を振る

常識の範囲に事を納めるは両極端を避ける道なり

戦前のマルクス主義者・北主義者互いの往き来可能なるかも

日本の武将の一人秀吉の目にはいかにか武田信玄

東山薄むらさきに散り染めて朝はすがしく明け放ちたり

階上と階下をぬらす月影に霧立ち昇る愛結ぶごと

今上《のぼ》る十五夜の月琵琶の湖《うみ》ざわめく波に赤く大きく

皓々と湖面を照らし移り行く琵琶湖の上の天空の月

なつかしく入試の季節行き過ぎてつらら滴《したた》る早春の頃《ころ》

世の中の対立社会うたかたの一体社会へ融け込んで行く

秋涼し松の葉陰を「春草」の落葉をかすめそよ風の吹く

総統が焦土命令出すならばこの暗き夜《よ》をおいてほかなし

青年に聖書の記事を示しつつ必死の顔で詰め寄るソーニャ

まっすぐな北山杉の並ぶ中両手を合わす保津川下り

大島の伊豆の踊り子純白の初々しさを残して去りぬ

瀬戸の海夕波小波いつまでも花嫁乗せて島伝い往く

真っ二つ天智と天武満月の天下分け目の壬申の乱

満月の姫に応《こた》えて竹取の翁は逝きぬまほろばの里

近松の義理と人情「国性爺合戦《こくせんやかっせん》」物《もの》の浄瑠璃に見る

七月の祇園祭は町衆の自《みずか》ら唱《うた》う鎮魂の歌

無残にも諸行無常の響きなし歯をかむような首里城の跡

今日もまた米空軍機飛び立てり星の砂浜きゅっきゅっと鳴く

沖縄に原子ミサイル飛ぶ夜の米軍基地の深き静まり

アフリカの北部に開くサラセンのイスラム文化引きつけしとき

ムガールに后《きさき》を悼む墓廟あり月のカリフのタージ・マハル

平和主義法の規定を持ちながらいざ月明に消ゆるものかは

戦時下の普段の暮らし消え失《う》せて防空壕に入る毎日

朝焼けの六波羅蜜寺皆に説く般若の知恵は六個なりきと

釈迦説きし六煩悩の六地蔵球六極を指していたりき

ヒトラーの焦土命令こだまするドイツ民族目に涙あり

ドストエフスキーの『罪と罰』を読んで

告白をゆすりのネタとほくそえみスヴィドリガイロフ巷に消える

最近は「ゆすり」・「たかり」に「だまし」など老人ねらう犯罪目立つ

くもの巣のごとく日本に張りつきし人事梗塞《こうそく》落城の日々

カナダより為替を介し輸入せし松木材にチェーン巻く音

人柄と職業柄は第一と第二の印象決める要素か

人類は地球とともに滅ぶのか南無阿弥陀仏鎮魂の歌

アーメンと教会の声一斉に涙の中に唱《とな》う男女ら

三日月のアザーンの響きこだまするイスラム教の最後の祈り

泣きながら夜空の星に願うなり南無阿無神に栄光あれと

エジプトのピラミッドなる頂点に立つ神いずこ深き闇の夜

鎌倉へ今までの公家《くげ》そのままに日本の武家は幕府始める

上陸の作戦近し快晴の九十九里浜波静かなり

東京は真西《まにし》に進め陸軍の激突辞さず九十九里浜

ゼウス、三首

天界に電撃走る主神の座四天王御《ぎょ》すゼウスのお声

キリストに牧神通じゼウス問う「小羊は今　何を苦にする?」

オリンポス主神ゼウスの足運びよじれて動く透明の衣《きぬ》

次々とまぶたに浮かぶ父母《ちちはは》や小さき頃の種々の思い出

赤とんぼ鬼やんま飛ぶ夕暮れの西八条の路地《ろじ》なつかしき

日本に希望すること何もなし思うは妻の励ましの言《こと》

夜深し琵琶湖の小波さわさわと月光の曲静かに流る

征矢《そや》羽羽矢《ははや》いざ月明の零戦に乗り込む若き知覧の男子《おのこ》

安らかに宇宙に響けたましいの音曲低く聖火とともに

横綱がお社《やしろ》の土踏み固め土俵締めれば神馬《しんめ》いななく

マッカーサーその名を辞書の中に見る天皇制も及ばぬその名

利己主義の根源を成す末那識《まなしき》に煩悩渦巻く地獄をぞ見る

ニュートリノその透過力物質を透き通し行く幽霊のごと

御神体とどのつまりはニュートリノ空に浮かびし霊体を見る

天にいる覗き見趣味の神様が今日も私を覗いていそう

モネの絵に鮮やかに見る動きの美水のゆらめき風の吹き上げ

半世紀前の大学紛争を社会民権運動と見る

短歌とは寸鉄人を刺すごとき鋭き効果及ぼすもあり

どこかから神聖革命叫ぶなり「ああ、あこがれの　国民公会!!」

前方になつかしき声母の声静かに響く宇宙空間

日輪が今や昇りぬ大日日《おおびび》の昔変わらぬ水平線に

青春讃歌　連作五首

なつかしさ涙とともにこみ上げるひたむきな日のフォークの世界

青春の力《ちから》みなぎるあの頃の若人たちの政治の熱気

京大のあちらこちらにあふれてた見よう見まねの若者政治

煮え立ちしいのちぶつかる思い出の若き学徒の灼熱の恋

若き日を思い起こせば優秀な人多かりし京大の友

京大生のまま世を去った同級生を悼《いた》んで

中途死の印象残し世を去りし同級生が一人いたりき

第三十一話　エグモント序曲

男　ベートーベンのエグモント序曲だけどね。僕の耳には、民衆大革命への序曲のように聞こえるときがあるんだ。何か、ナポレオンの出番が次第に近づいてくるような、あるいは出発点に立ったような微妙な興奮が伝わってくるというわけなんだがね。春が徐々に立ち昇ってくるような、といった感覚だろうな。

女一　そうね。そう言えば、「ひんがしの　野にかぎろひの　立つ見えて　かへり見すれば月かたぶきぬ」という、『万葉集』に出てくる柿本人麻呂の短歌とよく似た情景ね。

女二　何か物事が始まるような予感がするわ。それも、歴史的な大事件が起こるかもしれないような厳粛ささえ響いてくる思いよ。

男　実際、このエグモント序曲が作曲された直後に、フランス大革命が起こったのかどうかハッキリしたことは分からないが、ある種の自由感情が流れている。たとえて言えば、じゅうたんを運ぶ星々の流れのような。仏教の感覚で言えば、アーラヤ識の流れのようなものだけどね。日本の芸術家では、芥川龍之介の『戯作三昧』という作品に如実に現れている。天才にだけ特有の、束《たば》になって急速に流れ下る火砕流のような、インスピレーションの流れだけれど。
女二　もうすでに、革命前からソロー・ブルーの感情が心の奥底から地面を伝わって響いて来るような、生活の悲哀感が聞こえてくるわ。
男　しかし、ここで感情の湯船につかっているだけだったら、革命は失敗するよ。筋金《すじがね》が入っていないから。革命を持ちこたえるのはそれほど難しいんだ。そのことが一番良く分かる音曲が、ベートーベンの交響曲第三番「英雄」なのさ。生活のすべてを賭けて出征して行くなんてことは、その人の人生の中で一度あるか全然ないかの瀬戸際《ぎわ》なんだ。
女一　そして、その革命の熱狂的な興奮状態をピタッと納めて、しんがりを務めたのがナポレオンだったのね。
女二　そう。ナポレオンこそが、言わば「しんがり上手」の豊臣秀吉のような名人だったのね。
男　良く分かるね。興奮状態に呑み込まれている間に、革命が大きな引き潮に引きずり込まれて、成果もろとも革命前よりも低い位置になってしまうケースもあるんだ。
女一　色彩感覚で言えば、平山郁夫の絵によく現れる、生口島《いくちじま》の海の深き青のような、澄み切った原色が常に底流となって流れている感じがするわ。
男　一般的に言って、学生が大学を卒業すると会社に入って社会人になるわけだけど、その社会人の立場というのも、自由人である時もあれば、会社という組織の中の人間つまり組織人である時もあるのさ。時と場合によっては、自由人か組織人か、立場を使い分けることも必要だよ。
女二　すると、ベートーベンが望んだ民衆大革命の目的とは何だったのでしょう。
男　ハッキリしたことは分からないけれど、自由というものを望んでいたことは事実だね。だが、それ以外にも、自発的に高雅な民衆の一人一人になる、という意識も働いていたのではないだろうか？　自由を強化するために。まさに、このエグモント序曲は、そういう歴史の足音が近づいてくる前触れのような曲だと思うな。

第三十二話　石のこころ

男　唯物論に基づく芸術論になるのかどうか明確ではないが、今日は「石のこころ」というテーマで話し合ってみよう。別に、龍安寺の石庭の話ではないがね。

女二　唯物論と言えば、有名なテーゼとして「存在が意識を規定する」というものがあったわね。

女一　唯物論で扱う物質には、よく化学で出て来る周期律表に書いてあるように、原子番号という番号が付いているわ。酸素は８番、鉄は26番とか言うように。

女二　そうね。受験勉強の時によく勉強したわね。確か、分子式で表した化学反応式は、この組立てで出来上がるのだったわ。たとえば、

$6CO_2 + 12H_2O \rightarrow C_6H_{12}O_6 + 6O_2 + 6H_2O$

のように。

男　そのようだね。だから、どんな意識を問題にするにしても、その意識の生成してくる元《もと》の存在を探りさえすれば、その逆をたどって存在が意識を規定していることがその様《さま》

まで含めて明らかになるというわけなのさ。元素記号ごとの唯物論があって然るべきだからね。
女一、女二　分子化学や素粒子論は、そういう科学なんでしょう。
女一　言葉は悪いけれど、二番煎じを排除するためには、必須の手順なのでしょう。ノーベル賞というのは、そういうところを見ているのでしょうね。
女二　ストレートに言えば、海賊版が出回るのを防止するために利用するのがベストね。
男　ところで、「石のこころ」という最初のテーマに戻るけれど、このテーマを歌った詩に「一つのメルヘン」という中原中也の、童話のような詩がある。透き通った世界、インカ文明の世界とはまた違った世界だけれども、その透明の旋律が聞こえてくるような詩さ。タナトスの魔力をまざまざと見せつけられる思いがするね。
（インカの音は、「透明の赤いセロファンを通して」聞こえて来るような、石のような意志が感じられたがな――と、男は心の中でつぶやいた）
女一　ソローブルーとスカイブルーの混合した乾き切った内実を伴っているわ。とても哀しくなる。
女二　季節は秋ね。秋以外には考えられないわ。だって、「秋は夕暮れ」でしょ。枕草子によれば。
男　そのような感じだね。寒々とした寂しさをありありと感じるものな。涙が自然に頬を伝い落ちてくるような気がする。その「一つのメルヘン」という詩の第四連に現れる、新たに流れ出した水は、川床の上に流れる涙の川であったのだろう。
女一　確かに澄み切った心境を歌った詩だわ。一種の幻聴でしょうけど。中原中也が遊び人でないことだけは確実なようね。
男　静かな、本当に静けさに満ちた、寂光の射す極楽浄土の世界さ。一種の幽玄の境地に達している。もちろん、東大紛争を起こした東大暴走族とは、雲泥の差があるがね。
女二　苦悩の果てに達した、一つの知足安心の境地なのでしょう。
男　寂しさの中にも、小さな幸福がやがて生まれて来るだろう。もうすでに、釈尊の蓮華蔵世界には踏み入っているからだ。彼、中原中也にとって、新たな心の世界の幕が上がるだろう。彼の平安時代が、やっと今始まるんだよ。心の平安な時代が……。
（小林秀雄は、いみじくも述べている。「私には、彼の最も美しい遺品に思われる」と。遠くから、ドヴォルザークの交響曲第九番「新世界より」の主旋律も小さく、やがてやや大きく響いてくるのであった）

第三十三話　道徳判断と価値感

男　もし次に世界的な規模で戦争が起きるとすれば、原爆が20発や30発は飛び交うだろうな。それだけ人間は業《ごう》が深いのだろう。いくら科学が発達して法則性に関する現状認識に秀でたとしても、道徳判断とはまったく別のことに属するようだ。

女二　個人個人の道徳規範は、それこそ各個人ごとの「内なる道徳律」の問題ですものね。

男　日本国憲法は、政治道徳の法則という文言も使っているが、この文言には、政治選択を誤ったという痛切な反省の響きがこもっている。

女一　政治道徳の法則というものは、基本的に内心の問題だから、結局実践理性のあり方に帰着するはずのものでしょ、カント的な意味で。

男　この憲法前文に出てくる文言も、結局は条文の中にいかに融け込んでいっているかという問題になるから、それぞれの条文の解釈論に帰着すると思うよ。

女二　純粋理性の認識判断は、自動的に、かつ、あたかも当然であるかのごとく、「実践理性」に作用し始めるということはあり得ないはずだから。

男　実践理性は実践理性で一つの城の世界を形作っている。純粋理性の城郭を大坂城とすれば、実践理性のほうは二条城というようなものだ。これは本来、個人的自由が基本でなければならないと思うね。

女二　じゃ、自由と平等の関係はどうなのかしら。

男　個人間の平等も、たとえばAとBという2人の個人がいたとする場合、Aの個人的自由も、Bの個人的自由も同時に、しかも同じ比重で保障されているというのでなければ、AとBとが平等であるとは言えないだろう。たとえば、ある社会に100人の人がいるとした場合、それぞれ1個ずつ、合計100個の個人的自由が、現実に保障されていることが重要なんだよ。この個人的自由が制度体系として保障されているということが、民主主義が確かなものとなるための前提条件となるのではないかな。

女二　マルクスでは道徳判断はどうなるのかしら。

男　マルクス的な意味では、自由＝無数の必然性という等式が成り立つから、自由に、つまり自発的に道徳判断を下すということは、この公式に従えば、とりもなおさず、現状の必然性にしたがって判断を下すということと何も変わりがないことになるんだ。手っ取り早く言えば、左辺で考える、ということは右辺で考えるということと同値なのだということ、さらに突っ込んで言えば、自由に道徳判断を下すということは、この公式のゆえに、必然性の下で考えるということに読み替えることが可能だということになるのさ。右辺は、科学の極致を意味するから、行く行くは自由というものは、人間学からは完全になくなってしまうというふうな考え方なんだがね。
女一　自然科学においては、そういうことになるでしょうけれど、人間科学でもそういうことになるでしょうか?
男　そうだよ。この「自由＝無数の必然性」という公式は、自由という言葉を使った途端に、必然性に化けてしまう、というちょっと変わった作用を及ぼすんだ。まあ、一種の詭弁だろうがね。
女一　そうね。自由というものを任意性ということで考えれば詭弁であることは明白ね。ペテンを可能にするようなもんだわ。
男　そうだね。結局、自由と言っても必然的と言ってもまったく同じことを指すようなことになってしまって、わざわざ自由という内容を持たせても、必然的という内容を持たせても何ら区分けをした意味を持たないことになるのさ。ということは、自由という言葉も、自由という内容も、他と区別するための標識《ひょうしき》として必要とされる、という状況自体が一瞬にして消失するということになるんだ。これは、君の言うとおり、ペテンそのものなんだがね。
女二　ああ、なるほどね。でも、何もかもが自由になるって、すばらしいことじゃない。
男　ところが、そうじゃないんだ。普通は、世の中のことがすべて自由になって良いと思うんだけどね、マルクスの場合は違うんだ。

女一、女二　えっ、どうして？

男　これは、マルクス自身書いていることなんだけど、自由＝無数の必然性　の等式で、右辺の項を重視するんだ。つまり、世の中のことがすべて自由になったという感じ方ではなくて、無数の必然性が実現したという感じで受け止めるらしいのだ。ちょっと特異な感覚だけどね。彼は一種のヘソ曲がりかもしれないね。どうも、このあたりのことが、自由というものを目のかたきにする決定的な理由のようだよ。

女一、女二　へーぇ。実に巧みな詐欺師ね。天性のペテン師だわ。初めから言い抜けが用意してあるなんて。卑劣な男ね。

男　マルクスて、いかに悪知恵が発達しているか分かろうと言うものだな。まあ、彼の考え方で行けば、道徳判断は一切ないということになるね。任意性というものが全然ない状況（一意性しかない状況）の下では、道徳判断のあろうはずがないからだ。

（翌日、３人はまた、高天原にある茅渟川の宿に集まって、漫談に近い四方山話を始めるのだった）
男　昨日言っていた例の等式ね、あれは　自由≠無数の必然性　が正解なんだ。自由には、無数の必然性の合計数以上のものが含まれている。つまり、いくら必然性を合計しても、自由のふくよかさだけは、自由自体と比べ少ないということを意味するんだ。
女一　そうね。政治道徳の選択幅は、自由裁量の裁量幅とパラレルですものね。
女二　それに、一点集中論など単なる自動変化論と同じようなもので、無人の生産過程が自動的に進んでいくというだけのことでしかありませんもの。
男　実は、そこが問題なんだけどね。そうこうするうちに、会社の社内体制はどんどん無人化し、生産に従事する労働者階級の人数は絶え間なく減っていく。そうすれば君たちにも分かるだろうが、労働者階級に託された歴史的使命を遂行するにも、その遂行役たる労働者そのものが、0人になってしまうことにもなりかねない。
女一　それは、そういうことでしょう。そういう趨勢《すうせい》にあるのなら。
女二　労働者階級が歴史的役割を果たせるのも、まあ言ってみれば、世の中が有人主義社会である間にだけ通用する真実ですもの。
男　労働者階級が何人かいるからこそ、有人主義社会とも言うのだし、またそれだからこそ、労働者階級が歴史的役割を果たさねば、という感覚も生じてくるんだな。ところでね、マルクスの自由理論だけど、ここで仮に「自由＝無数の必然性」という等式が成り立つものだとしてみよう。
女一　その等式がもし仮に成り立つんだとすれば、自由というものはまったく存在しなくなるし、世の中は完全に必然性の束によって覆い尽くされてしまうということになるわ、究極的にはね。

男　そう、そうだね。しかし一般的には、原因事実と結果事実では、事象が起こった時刻の先後関係によって原因と結果を分かつんだけど、必ずしもそういうふうに割り切れないものもあるんだ。たとえば、自分の頭の中で、自分の手順に従って物事を考えていくとき、論理的な先後関係だけに注意を払い、外面的というか、外在的な時刻の存在や経過を一旦棚に上げて手順を追っていくだろう。

女二　ええ、そうね。もっぱら、手順だけに注意を集中するわね。

女一　そうしている間は、外在的に時刻がどこにあるかとか、t_0時にあった時刻がt_1時に進んでいたとかいうことを意識しないわね。考えを進めるのに、かかりっきりだから。

男　そうなんだ。ところがね、時刻がt_0時からt_1時に進んでいる間にも、t_0時という時刻における、宇宙内での位置関係が、t_1時という時刻においては、t_0時という時刻に比べまた少し動いていて、先程のt_0時の時刻のときとは、宇宙内での位置関係を異《こと》にしている、という事象が実際にはあるんだ。これは、どうにも動かしようのない、厳然たる事実なんだけどね。

女二　すると、もっぱら手順だけに注意を集中している間に、外の自分のまわりの景色がすっかり変わってしまっている、ということなんでしょう。

女一　頭を緊張させて過度に注意を集中しながら、物事を考えていた間に、外の情景は秋から冬にすっかり変わっていた、気がついてみれば、もう冬も半ばになっていたんだなー、という気持ちでしょうね。

男　うん。地球が３６０度を1年３６５日で公転しているのだから、1日では360°/365日だけ円周軌道を進んだということに対応するわけなんだ。

女一、女二　ああ、そうすると、円周軌道を進む寸前をt_0時とすれば、1日が終わったt_1時には、つまりちょうど24時間経った時刻には、宇宙内での位置関係が、この場合だったら、360°/365日だけ円周軌道を進んでいたということになるわけだわ。

男　だから、時間というものは本質的には宇宙内での位置関係の変化ということに等しい、ということになるのだよ。時間論とは、結局空間論なんだな。だけど、その重要性からして、時間論は空間論の内に包摂するべきではないし、むしろ空間論から枝分かれしてきた最も重要なカテゴリーとして空間とは別扱いにするのが正しいと思うのだけれど。

女一　そうですね。カント的な意味でも、当然、時間も空間と同じく独自性を持つはずだわね。

男　そうだね。そうでなければ片目のジャックみたいな、モノの見え方がするだろうね。

女一、女二　アハハハハ。

男　ついでに言っておくけれど、因果論には、時系列下での事実関係に関する因果論の世界のほかに、論理関係に関する因果論もあるよ。さっき取り上げた思考手順のことを考えてみれば良いんだけど。

女二　そのほかに、原因と結果で結びつけられる関係て、あるのかしら？

男　そうだね。宗教の方面では、カルマの法則というようなものがあるようだが、これは今度のこととしよう。

（その3日後、また例によって男女3人が高天原の常宿《じょうやど》に集まって、今度は価値論の話を始めた）

男　この前話していた時間に関する本質論は本質論として、今日は価値について話し合ってみよう。まあ、1時間当たりの価値量ということならば、生産過程での労働生産性という話にもなるんだが。

女一　それはそうでしょう。そうなるでしょうね。だけど価値の問題には、量ばかりでなく、質の問題もあるでしょう。

女二　当たり前のことだと思うわ、だって物作りを職業としている人は、みんな品質に注意しながら作っているのですもの。お百姓さんでも豆腐屋さんでも、一般のメーカーでもそうでしょ。

男　そうだね。今日は、商品の存在価値の話ではなくて、もらえるおカネの話、つまり決済の話をしよう。みんなも、最終的に売上が合計でいくらになるか、ということを頭の中で計算しながら作っていると思うんだが……。
女一　これも当たり前のことね。最終的にどれだけのおカネになるのか、赤字経営なのか黒字経営なのか、資金繰りが続くのか、とか気になるときもあるもの。
女二　そうね。その方面は、基本的に経営者さんの仕事よ。
男　そう。経営者と労働者というのは、もちろん、人を雇ったほうと他方、雇われたほうという違いはあるけれども、そんなにしょっちゅう対立ばかりしているわけではないけどね。単に雇用契約の、一方と他方、という関係にあってそのまま工程のある部署担当を言い渡されて作業を続けている、という関係にあるだけの話だけど。
女一　労働者と経営者、あるいは、労働者と使用者って、実際生産者と生産指揮者みたいな関係にあるわね。
女二　マルクスも『資本論』という本の中で書いているけれども、労働者を実際生産者とすれば、経営者や使用者あるいは工場長といった人たちは、生産指揮者と規定することもできるだろう、といった意味のことが書かれている個所があるわ。
男　確かにある。もっとも、マルクス自身の表現は、「オーケストラの指揮者」という規定のしかただったかもしれない。まあ、いずれにしても、労使関係のことだけれども。マルクス的な言い方をすれば、生産過程に話を限った場合の、生産関係のことだけどね。ところで、流通過程の話に移れば、ここでは営業の諸君に関する話になる。いよいよ、売上がいくらかという局面に入ってくるわけだけどね。

女一　ああ、掛売りの話ね。売上が計上できる段階の話だわ。

男　そう。会計学では、売上が計上できる段階にまで機が熟すると、実現主義という形を取った原則が働き始めるようだ。この実現主義の働きを無視すれば、ただの在庫増に終わり、一銭もおカネは会社に入って来ないことになる。

女一　そうね。現金売りだけの駄菓子屋経済ではありませんものね、現代の経済体制は。

女二　そう、そんなこと知らない人がいるのかしら。

男　この商品群の増加のこと、つまり在庫の増加については、在庫の一巡という問題もあるが、この時にたまたま決算期が来ると、在庫投資という項目に入れられることになるんだ、GDPの計算上はね。

女二　そう、設備投資、住宅投資と同じ次元の話としてね。

男　だから、ここまでで価値の生産の話は終わって、次の価値の実現の過程に入ってゆくことになるんだがね。会計学で言う実現主義にちなんで、価値の実現と僕は呼んでいるんだけれども。

女二　価値の実現?

男　そう。価値が何に乗り移るかと言えば、カネになるということなんだけど、マルクスで言えば　W—G　の過程を意味するのさ。簿記で表せば、

（借）売掛金　1,000,000　（貸）売上　1,000,000

ということさ。

女二　つまり「売り」ということね。すると、すぐ「入り」が問題になるわ。

男　そうさ。買ったほうは、売ったほうに通貨を支払わなければならないが、しばらくは支払を勘弁してあげましょうという意味で、その場では仮決済にとどめることが多い。これが、掛売りということのそもそもの形なんだけれども、その証拠として、小切手や手形を買主が売主に手渡すこともある。これは、仮決済という方式なんだけれども、この小切手とか手形という有価証券を相手に手渡すという実務上の行為を、経済学の目で見ると、信用価値を一旦買主が売主に仮払いしておくということになるのさ。売主は、その同じ時に領収書を相手に渡すんだけどね。仮払いのほうは、もちろん、商品を売り渡した売主のほうから、支払を融通するという好意を示すんだけれど、ここに働くのが商法上の契約信義則なんだ。

女一　それじゃ、有価証券の授受がなされない場合が、普通の掛売りということなのね。

男　そう、その取引を簿記的に仕訳で表せば、さっきのような形になるのさ。そこで、後日、本決済が成されると、売掛金という代金請求権が入金という形になるから売掛金は消滅し、無事売主の預金通帳にその金額が印字されるというわけさ。仕訳で表せば、

（借）現金預金　1,000,000　（貸）売掛金　1,000,000

というふうに表示するんだけどね。

女一　それで良く取引の内容が分かったわ。

男　これが、信用経済という今日の経済体制の本体なんだ。貨幣経済の鋳型から抜け出したような形になっているんだけれども。で、この信用経済体制は、売買取引と決済取引がセットになって出てくるようになっている。この決済取引の部分に目を付けて、信用経済の悪用を狙っている決済業者をどのようにしてあぶり出すかが、今大きな問題になっているよ。

（4日目、話は価値論から商品の品格論に移ってきた）

男　結局のところ、商品というものは品質が一番だね。もちろん、価格の問題もあるが、価格よりは品質だろう。品質さえ良ければ、いくらでもカネを渡すという人もいるくらいだから。出すカネに糸目を付けないという人がいるところを見ると、価格は二義的で、品質こそ根本的なものなんだろう。

女一　日用品にしても、どんな品質の物であっても値段が安ければ必ず買う人というのは、あまり見かけたことがないわね。だから、やはり価格より質ということになるわね。

女二　そうよ。安物《やすもの》買いの銭失い、という諺もあるくらいだから。企業だって、どんな質のものであっても値段が安けりゃそれで良い、売れれば良いのだというのじゃ、「安かろう、悪かろう」の投げ売り商売みたいになりかねないわ。

男　そう。価格競争の段階に入った、と聞いた経営者や消費者が、あまり良い顔をしないのは、そういった品質無視の投げ売り商売をすぐ連想させる言葉だからだ。たとえ、そんな投げ売り商売のような競争のあり方でなくて普通の安売り合戦であっても、人があまり良い顔をしないのは、その無茶苦茶ぶりを知っているからだ。何しろ、そうした場合には採算度外視の乱売戦みたいな様相を呈するからね。今の海賊版の「売り」も幾分そういうところがあるなぁ。

女二　そうなると価値論なんて、旦那の講義みたいに、一段高いところから聴講生を見下しながら一理屈こねたって、別に彼ら聴講生の注意を引くこともないわね。

女一　だから、そうならないようにするためにも品質重視ということになるのね。

男　そう。詰まるところ、価値の設計ということが重要になってくるんだろう。消費需要を探ると同時に、時代感覚に合った価値とはどういうものであるかを見究めることが大事なんだ。こうした動きの中から、一つ抜きん出た商品、いわゆる売れ筋商品を見付け出して、その売り出しを強力に押し進めれば、その商品にブランド価値が付いて、不動の商品になるというわけだね。このブランド価値こそ商品の「上がり」なんだ。

女一　その「上がり」に至った商品を一つでも多く持っていると、会社はビクともしない大きな規模のものになっているというわけね。

男　そうだね。だから会社員という者は、いくら会社が搾取していると強調したって、別に面白くもおかしくもないだろうと思うよ。

女二　そうね。よほどひどいことがなされていれば別だけれど、普通は自分の持ち場でブランド価値を磨き上げていくことに専念するといったところね。

男　そうした労働というのは、解放された自由な労働というより、創造的な労働と言うべきだろう。価値を生産するという程度のものではなく、価値を創造する労働と言うのがピッタリだからだ。この新価値を創り出す巨大な水源が知識価値というものなんだ。ここで言う知識価値の内には、通常の科学知識だけでなく、人文的な知恵とか気働きというようなものも含まれている。総じて、知の働きというものがその頭脳労働のエネルギーの元《もと》になっている。知識価値説というか知力価値説というか、そういうホモ・サピエンスの未来を賭けた一種の大きな産業革命が巻き起こっているのだ。マルクス学説の言うような、不可避の関門として社会主義革命を捕らえるといった、そんな些細な程度のものではない。何しろグローバル経済の時代だからね。

女一、女二　そうすると、今の世界の動きはもっぱら経済大革命ということになるから、政治権力者がどの党派に属するかは、あまり重要なことではなくなるわね。

男　そもそも、社会主義体制に到達しなければ経済に関するすべての扉が開かれることはないといった「マルクスの前提」自体が疑問視されるようになってくる。別に、社会主義という経済の制度体系が、追求すべき必須の経済制度である必然性はないという結論になるわけなんだ。つまり経済体制如何によらず、それぞれの個人に合った頭脳労働さえ行われていれば、後は労働人格権などの労働法を盾にして身を守れば良いということになるわけさ。

女一　マルクスって、社会主義という制度を過度に大きく取り上げすぎではない？

男　一種の政治過剰だと思うよ。それはそうとして、この経済大革命に勝利するためには、商品の品格を高める必要がある。ここに、物の品質のことが浮上してくる余地があると僕は思っているんだ。もちろん、品性下劣なやつが品格の高い商品を創出できるとは全然思わないね。品性下劣なやつは、品格のないムサい商品しか作れないだろう。

女一、女二　すると、今の時代の価値観に合っていて、しかも少しだけリードする商品がベストということになるわ。

男　そう。その、今の時代の価値観、最も好まれる価値というものは何かが、実業界の最大の課題ということになるんだが、僕はこの経済大革命の新時代にピッタリの標語として、「高雅、気品、エレガント、柔軟さあるいは貴族性、気高さ」といった語を思い浮かべるんだが、どうだろう。

女一、女二　そうね。洗練された民族主義という感じがするわ。我が日本で言えば、まさに平安時代、王朝貴族文化の時代を色濃く再現するような思いよ。

男　僕もそういう感じがする。「ワインの夜」を満喫する者と、「ムチの夜」を楽しむ者は、この入口の所で袂《たもと》を分かつことになるのだ。

第三十四話　労働イデオロギー

男　最近、パワハラやセクハラのことについて、ニュースなどでよく耳にするようになった。これは、労働者にとって人格に関わる問題ではないかという声が圧倒的に多い。これがもし人格問題でないとしたら、一体どんなものが人格をふみにじった問題ということになるんだ、という意見まである。

女一　それは当たり前だわ、セクハラが人格問題ではないという極端な意見を持つ人がいるのかしら。鈍感そのものね。

女二　アホではないかしら。バイオレントセックスの好きな人でしょ。ナチュラルセックスが嫌いで仕方がない、というようなものだわ。

男　遊び人的な変態セックスを好むということを告白するようなもんだね。

女一　私たちが陰のヒソヒソ話でよく言う、「金品ぶらり」そのものだわ。しなびた感じまでする。

男　目から鼻に抜けるすばしこさが要求される取引社会では、ただちに落後者となることが約束されてしまうようなものだ。いわゆる「世間知らず」とか「ぼんぼん育ち」とか言う類いの人間そのものだから。

（男は、そう言いながら、世の常となっている、あのニヤニヤした世間の反応を目に浮かべた。こういう時、世間は口《くち》コミの速さをすぐに気にする習慣があった。おまけに、頭のほうを見やり加減にほくそ笑みまでしながら、商取引の当時者同士ニタニタ同意を求めるのが世の風俗だったのである。まるで、薄らバカを前にしているかのように）

男　そこで、裁判闘争になった時のために、「労働人格権」という概念を温めているんだがね。

女二　労働人格権って、労働者個人に認められた生活権のことね。自由民主主義の出発点みたいなものよ。しかも、自由民主主義の根幹を成している法思想なのだわ。

女一　個人に力点を置いた抵抗権のような感じがするわ。家柄の尊厳から個人の尊厳に切り換わった戦後の民法にもピッタリくる話よ。自律権そのものでしょ、労働人格権って。

男　そう。労働個人主義思想からいけばね。この思想の立場に立って考えれば、共産党による一党独裁は、共産党という政治結社が群れを成して、ある個人に他律権を行使し、その個人に対し個別人身支配の確立を目論《もくろ》む労働集団主義に見えてくるよ。

女一　すると、階級全体で処理するというのではなくて、労働者個人が個人で強制力を排除することもできるというわけね。

男　そう。刑法２２３条に強制力行使を違法とする条文が載っている。３年以内の懲役なら可能なようだよ。
女一、女二　ああ、それを聞いて安心した。すごむ人もいるから、彼らの中には。
男　物事を判断する基準として、社会主義は社会優先であり、個人のことは常に後回しにする癖がある。これこそが、社会主義の本質なのさ。

（二日目、三人はまた茅渟川の宿に集まり、例の四方山話を始めた）

男　昨日からの続きで言うと、労働個人主義の元々の基盤は、憲法27条1項にある、労働の権利と労働の義務という法思想に由来するものなんだ。労働の義務というのは、経営者とか取締役にも課せられていて、会社法の原則にもなっている。職務専念義務というのがそれだ。
女一　そう、私たちも勤務中は公私混同をしてはいけない、ということを新入社員の頃よく言われたわ。
女二　労働の権利は、当たり前の話ね。この世から労働というものがなくなれば、会社へ働きに来ている人たちは、収入が何も得られないことになって、アホみたいに一日中座りっぱなしでいなくちゃならないわ。
男　結局のところ、こういうことが言えると思うよ。「労働がなければ所得もなく、所得がなければ税金もない。税収のない国家は、財政もなく、国家は立ち行かなくなる」ということなんだ。

女二　自由民主主義に労働の肉付けをすると、労働民主主義に早変わりというわけね。

女一　労働者本位の党は、すると昔から有名な共産党と、新たにできた労働民主党の二つとも存立する可能性がある、ということになるわね。

男　そういうことだよ。前者の共産党は、労働者階級主体の党だから、労働集団主義だし、後者の労働民主党は、労働個人主義に根拠を置く党ということになるのさ。そしてこの労働個人主義から、労働人格権という概念が誕生するという形になるんだがね。

女一　労働民主党は、すると労働契約法の法思想に依拠する党、ということになるわね。労働者個人個人の出発点を成すのは、入社時の労働契約に由来するわけだから。

男　特にその第3条の「労働契約の原則」は、労働契約共同体としてよくできた条文だと思うよ。労使協調主義も、労使一丸主義もここからスムーズに導き出せると思うな。特に、その第3条4項は、出色の出来だね。労働契約信義則と位置付けることができるんだろう。

女二　この日本の会社は、出身大学による色分けが盛んだね、と外国人の取引先から言われることが時々あるけど、そうした観点からの法思想って何かあるのかしら。

男　うん。この労働民主主義では、マルクス主義のように労働者階級という言葉は使わないんだ。この日本社会を階級社会とは考えていないからなんだがね。この点は歴史観にも関係するが、日本は階級的に考えるには不向きな国だと思うからなんだ。またいずれ公《おおやけ》にするときもあるかもしれないけれども、日本文明圏については、トインビー史観も取り入れて永世史観と名付けるべきかなと思っている。経済史については、もちろんマルクスの唱えた方法理論は有効だとは思っているんだがね。

そこで、労働者を階級集団で見た場合、マルクスのように一元論で考えずに多元論で考えたら良いと思うのだ。日本社会の特徴も踏まえて。たとえば慶応労働人脈、早稲田労働人脈、京大労働人脈、といった具合にね。

女一　労働イデオロギーとしては、上出来の部だわ。だけど、イデオロギーだけでは、票は集まらないわね。労働者は、全部足し合わせると大きな数になるのは理の当然だけど。

女二　選挙は結局カネではなく、票だから。票の数で当選・落選が決まるのなら、労働者の人間の数で攻めていくのが、最も上手な攻め方だと思うわ。

（マルクスの仮面ははげた。闘争する労働者たちの背後に回って、掛け声をかけるだけの「けしかけ役」マルクスは、歴史の表舞台から静かに退場していったのである）

男　人脈と並んで金脈という鉱脈もあるけれども、これの分析視点は金銭債権と根抵当という二つの論点でしょう。売上も仕入も即金商売でないことぐらい高卒の新入社員でも知っている。この点は、君たちの宿題としておこう。

第三十五話　軍法案（立法論）

立法論として温めた軍法案を公表する。

第一章　総則

第一条　日本共和国の正規軍は、日本国民軍（以下「国民軍」という）と称する。

第二条　国民軍は、日本国民の主権に基づき、自衛のためにのみ、行動するものとする。

第三条　国民軍が行使する自衛権は、日本共和国の領土・領海・領空の範囲に限る。

第四条　①自衛権は、国民生活の平和と安定を目的として行使されるものでなければならない。

②防衛に係る国務大臣が、自衛権の行使を停止するときは、国会の停戦決議を得るのでなければならない。

第五条　①国民軍が自衛権の行使を続行する場合においては、国際社会の信頼を失うものであってはならない。
②自衛権の乱用は、絶対に禁止される。

第六条　武器、兵器その他の軍事手段は、国有財産であるから、ことさら粗末に扱うことがあってはならない。

第二章　組織

第七条　国民軍の編成原理は、「国民の　国民による　国民のための　軍隊　それが国民軍」という第二条の国民主権の理念に基づく。

第八条　国民軍が陸上義勇兵（以下「民兵」という）を収容するときは、ともに自衛官とし、賃金も労働条件も同一待遇とする。

第九条　①総統、副総統及び防衛に係る国務大臣の三人により軍部を構成する。
②総統、副総統及び防衛に係る国務大臣の三者は、ともに文官でなければならない。

第十条　①防衛省の官僚首位者を事務次官とする。
②防衛省の幕僚首位者を統合幕僚長とする。
③防衛省の幕僚次長は、陸上幕僚長、海上幕僚長及び航空幕僚長の三名とする。

第十一条　①武官の最高会議を幕僚会議とし、実戦方針を決定する。
②幕僚会議の議長を統合幕僚長とし、その議員を陸上幕僚長、海上幕僚長及び航空幕僚長の三名とする。

第三章　手続

第十二条　日本共和国政府（以下「政府」という）が他国から宣戦布告を受け、その応戦意思を通告（以下「応戦布告」という）するときは、国会の議決を受けなければならない。

第十三条　①国会の議決は、衆議院及び参議院の両議院で行うものとする。
②前項の議決は、他国から通告された宣戦布告文に対する応諾又は拒絶をもってするものとする。
③外交案件の一つとして、内閣が国会に提出した宣戦布告文の審議は、衆議院及び参議院で、できるだけ早く行わなければならない。この場合において、両議院での審議は同時に開催するものとする。

第十四条　敵国との戦時条約法に関する国際法規は誠実に遵守しなければならない。

第十五条　敵国との終戦協定を締結するときは、国会の議決を得た上で、総司令官たる総統が、国民に宣言することにより行うものとする。

第十六条　国民軍の内部で発生した事案については、民事法廷及び刑事法廷とは別に、政事法廷で審理するものとする。

第十七条　①政府が亡命政権であるときは、その亡命政権の正規軍は、この軍法の適用を受ける国民軍そのものとする。

②国民軍を再建するときは、国会の議決を得ているのでなければならない。この場合においては、国会は、秘密会であることを常例とする。

③本条の適用を受ける国民軍の兵士は、機密裏に募集するものとする。

第十八条　この軍法は、戦場の無法に、公共の福祉のための法の支配が確立されることを願って、制定されたものである。

最終話　藤原道長

「此の世をば　我世とぞ思ふ　望月の
　欠けたることも　なしと思へば」

9月の中秋の名月が真っ白に夜の闇を照らし出す頃、藤原氏の全盛時代を築き上げた摂政太政大臣藤原道長は、思わず上記の和歌を朗唱した。口を突いて出てきた和歌であったから、創ろうとして創った短歌ではなかった。まさに、満月の心を詠じた歌であった。満月＝道長だったのである。

大覚寺の観月台には、すすきの花や団子の類いが飾られていた。空に懸かった月の周りには、薄き白雲が足早に過ぎ去っていくのが望めた。流れは速いほうであった。私、頼通の足許に、静かな、そして淡い涼しさを含んだそよ風が吹き過ぎた。足許の、野育ちのすすきが、一斉に頭《こうべ》を垂れた瞬間である。

寺の東側に広がる大沢の池に、観月の宴を繰り広げる竜頭船が浮かぶ。夜空には、星々がただ輝いていた。

水面を雅楽の音曲が、ゆったりと、袋に包まれていた音符の群れのように、伝わっていく。

「秋晴れの　暮れ行くすすき　そよそよと
　光を映し　揺れ居つるかも」
（第一段）

道長は、いつものように政治実務の仕事を続けていた。太政大臣の仕事である。摂政の仕事ではない。摂政の仕事とは、天皇の代行を勤める仕事だからである。

さしずめ、代行を務めなければならない事柄はなかった。

道長のルーティンワークは、大臣決裁を行うことであるが、地位から言って太政大臣の行う決裁とは、現代では首相官邸での総理決裁の謂であろう。閣議に当たる全員討議もあったに違いないが、それはともあれ道長の普段の仕事は、政治実務と判断の連続過程という形に要約できるのであった。

中秋の名月の翌日は、ルーティンワークの規則正しい波の中で、滞りなく過ぎ去ろうとしていた。厳しい仕事生活の連続の中で、ふっと上ってきた彼の「望月の歌」は、思わず出た彼の本音、つまり完全感覚として、後世語られることになろう。

「ああ、今日も一日、無事に終わった」

道長は、ほっと一息吐《つ》いて、息子頼通の風貌を思いやりながら、筆を置いた。
平安京の夕闇は、静かに夜の帳《とばり》へと移り行こうとしていた。

「平安の　闇夜の帳　深まりて
　　清涼殿は　笑いさざめく」

（第二段）

春はあけぼの
夏は夜
秋は夕暮れ
冬はつとめて
冬の早朝、道長が目を覚ますと、邸宅の庭には真っ白な雪が降り積もっていた。飼い犬の狆《ちん》が喜んで跳びはねている。一面に広がった白いじゅうたんには、狆の足跡がいくつも並んでいる。
道長は、常なる仕事を始める前、短い時間ではあるが、職務問題に耽る癖があった。今朝も、純白のじゅうたんに点々と付けられた狆の足跡を見つめているうちに、一家の長藤原道長は、次第にその癖にはまり始めた。
「国の政策というものには、必ず軸になるものがある。おそらく、税制と兵制だろう。この二つさえしっかりしていれば、国が倒れるということはあるまい。

税制は民部省だし、兵制は兵部省だ。だから、律令政治を無難に乗り切って行くには、特にこの二つに目を光らせていなければ。これは必須項目だな。しかし、この頃は検非違使《けびいし》の動きも要注意だ。元々、律令政治のワク外だしな。何か起こしてもすぐには手が打てない。急を要する時は特に問題だ。

税制と兵制は、国の基本だ。この基本がしっかりしなければ、国の力が眠り込む」

ここまで思考を重ねた道長は、ここでさらに考えを進めていくことを拒否した。いつもの出発点に立ち戻ってきてしまったからである。

太政大臣藤原道長は、あのうっとうしい人事配置に、再び頭を切り換え始めた。

「雪の朝　迷いに迷う　政策も
　税と兵との　制度にも依る」


（第三段）

補足話

第一　自由の翼

男　自由を奪われた奴隷にとって、最も欲しいものは、「自由でいたい」ということであるだろう。現代社会においても、そのことはすぐ分かる。その良い事例が刑務所に入れられている囚人たちだ。一刻も早く、外へ出たいだろうからな。

女一　そうね。囚人たちにとって、三度の飯より欲しいものと言えば、自由を保障されている、ということでしょう。

女二　でも、それはダメね。いくら自由が欲しいと言ったって、その自由に動けた時に犯した罪が理由となって、その自由が取り上げられているんだから。

男　そら、そうだろう。自由のほうが飯より欲しいものだと言っても、悪いことをして刑務所に入っている以上、すぐに解放されると言うのじゃ、刑罰制度が無意味になるからな。

女二　そう。そんなことをしていれば、刑法という法律が単なるペーパーになって、悪い人間にとって何も恐ろしいものではなくなるわ。
女一　そんなことにでもなれば、どの人も出来心を実現しようとするかもしれないし、他の普通の人たちの社会生活が不安な、ビクビクしたものにならざるを得ないわね。
男　そうだね。そういうことにならないように、刑法というものが定められているんだがね。こうした、刑法の役立ち方を、刑法の社会防衛機能と言うんだ。
女二　でも、悪くもない人たちがギリギリにまで追い詰められた末、その追い詰めて来る人たちに勇敢にも挑みかかっていった実例が50年ぐらいの前の日本にもあった、ということを聞いたことがあるわ。これは正当防衛だと思うけど。
男　そう。東大闘争と日大闘争を皮切りとする大学紛争の幕が切って落とされたんだがね。あの時は、日本全国が一気に荒れ模様にのめり込んで行ったよ。日本の国内だけでなしに、世界中が学生反乱で満たされていたね。フランスのパリにあるソルボンヌ大学も激動の時代に入っていったんだ。カルチエ・ラタンにも火炎ビンが飛び交うような、すごく荒れた時代だったな。
女一　何か国際的に有名な事件でも起こったのかしら？
男　当時の世界情勢の背景には、ベトナム戦争というものがあった。アメリカとベトナムとの間で熾烈《しれつ》に戦われた戦争なんだが、１９７０年直前ぐらいだったかと思うな。

女一　でも、世界的な大荒れになるには、何か一つながりになった事件の束が、連鎖的に同時に起こったのでしょう。
男　うん。フランスでは五月革命も起こり、ド・ゴール大統領が一気に退陣に追い込まれたんだ。その年の8月には、チェコ事件と言って、今はプラハの春という言い方をしているが、世界史の転換点となる極めて重大な国際的な大事件が起こったのさ。
（男は、当事の世界情勢と京大闘争の情景をありありと思い浮かべていた。世界的な大闘争の地響きを肌で感じながら）

（翌日、三人はまた茅渟川の宿に集まり、四方山話を始めた）
男　昨日は国際的な大事件が起きたところまで話したね。その大事件というのが、当時ロシア地域を支配していたソ連という国の軍隊が、近くのチェコスロバキアという同じ社会主義国に侵入してきたのだ。その頃、いくつかの社会主義国同士でワルシャワ条約機構という攻守同盟を結んでいてね、プロレタリア国際主義の典型的な具体例だと一般的に考えられていたのさ。
女二　ふーん。プロレタリア何とか主義と言うんだから、導管はマルクス主義ね。
男　そうなんだ。当時は社会主義経済体制というものが10か国ぐらいあって、一様に経済的な行き詰まりに直面していた。そこへ、チェコスロバキアという社会主義国の共産党の第一書記にドプチェクという人が就任したんだ。確か、ソ連共産党の書記長はブレジネフという人だったと記憶しているけど、間違っているかもしれないな、何しろ50年も前の話だからね。当時、僕は京大生の2年目だったかなあ。
女一　社会主義国の共産党と言うのだから、いわゆる独裁党のことね。支配下の人民が自由に振る舞うのを極端に嫌うという……。
男　そう。彼らは、「自由」の「じ」という発音を聞いただけで反射的に弾圧のほうへ指が動くようなんだけど、一種の条件反射みたいなものだ。彼らは、耳から右手の指先までの神経回路が特別に短くなっているんだろう。だから、耳でその発音を聞いたら自動的に弾圧指《ゆび》が動くようだ。アタマの働く余地さえないのではないかと思えるほどだよ。
女一　ソ連軍の進発を促すような、何か特別なことでもあったのかしら？
男　それがね、8月の2か月ほど前に二千語宣言と言ってね、社会主義国の自由化を宣言するといったような動きがあったのだよ。ソ連共産党は、これに目を付けたらしいんだがね。それに、しかも、ソ連のブレジネフ書記長が、事件の激動の中で、制限主権論というブレジネフ・ドクトリンを打ち出すんだ。これは、衛星諸国の植民地化ではないかとまで囁く人もいたね。
女一　でも、もう一つ、釈然としないわね。ただ人民宣言がどこかの国で発せられたというだけで他国の軍隊がいきなり雪崩《なだ》れ込んでくるなんて。第一に、その国の軍隊がその自由化の動きを止めるんじゃなくて、ソ連というレッキとした外国でしょ、軍隊を動かしたのは。

男　それを見ても明白だけど、マルクス主義者というのは、自由を極端に嫌う、異常と言っても良いぐらいだ。

女二　何かスローガン的なものがあったのかしら、そのチェコ宣言に。

男　新聞記事なんかを見ていた限りでは、「人間の顔をした社会主義」という標語だったように思うよ。

女二　人間の顔をしている、ということがどうして悪いことなのかしら。だって、ソ連というのは労働者の国なんでしょ？　労働者というのは、労働する人形ではなくて、労働する人体のことでしょ、唯物論的に表現すれば。

男　もちろん、そうだよ。呼吸もするし、排泄もする。循環器系には、生きた温《あたた》かい血液も流れている。彼らのほうにこそ、冷たい血液しか流れていないんじゃないか、という疑いが生じて来るんだがね。社会主義やもう一つ先の共産主義という体制は、人間の生きした活動が不愉快と言うか、苦手のようだ、僕の見るところでは。

（男は、何か気色の悪さを感じて顔をしかめていた。マルクス主義者の正体は、機械自体なのではないか、あるいは冷血動物なのではないかという感じを抱き始めていたからである）

（翌朝、男性一人と女性二人は気分を一新した様子だった。昨日《きのう》と一昨日《おととい》に話し合っていた事柄は、しょせん過去の遠い昔に流れ去ってしまった一つの通過点での出来事でしかなかったからである。新鮮な気持で三人はまた四方山話を始めた）

男　あの頃は、マルクス主義の議論が流行《はや》っている一方で、サルトルという哲学者の実存主義の議論も盛んだった。この二つの党派をアウフヘーベンと言うか、矛盾突合した上で上方換位するような、そうした議論が多かったように思うね。こうした思想の潮流が昨日言った「人間の顔をした社会主義」のスローガンの中へ流れ込んでいってたようだ。人間性を失っていた社会主義に、再び人間性を取り戻そうとした動きのようにも思えるね、今から思えば。

女一　人間性をなくした社会主義思想、鉄の顔をした社会主義思想に人間の息遣い、人間の魂を吹き込もうとする、半分絶望感に駆られた試みだったという話を当時の経験者の口から聞いたことがあるわ。

男　マルクス主義は、本来、労働者という職業を持った社会人に働きかけてその不自由から労働者を解放しようという思想なのに、唯物論、唯物論と言っているうちに、ただ物質を論ずるだけの唯物《ただもの》主義に陥っていたみたいだ。人間解放の思想が、物質礼賛にいつの間にか陥っていたのだろう。結局、人間を何かのために悪利用する、道具視する考え方になってしまっていたように思えるんだ。だから、そこのところを敏感に嗅ぎ取った労働者階級や学生たち、当時はノンポリと言ってたかな、政治色をどちらかと言えば嫌う学生たちの支持まで得ていたのに、その道具視というか部品観に激しく反発して、唯物論を唱えていた共産党の支持さえも、次々と失っていったようだよ。

女二　ノンポリと言う一般学生の支持まで受けた階級闘争なんて珍しかったと言う人に何人も出会ったわ。

女一　生産活動の部品になるのはイヤだと言う人が多かったという話をよく聞いたわよ。

女一、女二　きっと、自分だけは政治の道具にされるのはゴメンだという感情が底流に太く大きく、脈打っていたのでしょう。

男　人間というものは、いつも政治に翻弄されて生きてこなければならなかったからね。すごく寂しいことだけれど。あれほどの世界的な階級闘争は見たことがないね。だけど、搾取という、人間から人間の皮膚を剝ぎ取るブルジョア的自由を阻止するための理論武装を、サルトルの実存主義に求めていたようだ。言ってみれば、ブルジョア的搾取の自由に対抗する原理として、対自的自由ということを考えていたように思うんだ。お互いにお互いを尊重する、夫婦だったら夫婦で二つの焦点を持つ楕円のような人間関係を求めていたような気がする。この楕円型の思想は、自分本位でもない、他人本位でももちろんない、相互本位型の社会連帯主義の思想のように思うね。自由と平等は、この相互本位のところによく現れていると思うな。縮めて言えば、相互本位連帯主義と言うのだろうか、夫婦の間柄もこの楕円型の夫婦連帯主義でつなぐことができるように思えるね。

女二　そうすると、夫婦が二人だけのユートピアを夢見るとしても、そのユートピアを実現するための必要条件としては、物質的条件を整えることが必須ということになるし、そのユートピアを十分に理想的なものにするためには、さらに対自的自由を働かせることに何ら支障を感じさせないほどの本当の自由も獲得されていなければならない、ということになるのね。

女一　そうね。だから、対自存在に関する精神的条件も十分条件として保持していなければならないというわけだわ。物心両面での条件がそろって初めて、夢に描いていたユートピアがこの実際生活の中で実現できるということなのね。

男　そういうことになるな。夢の中のユートピアが、同値関係を維持したまま、この世の実際生活として実現するということだね。ギリシア哲学で言えば、ユートピアというプラトンのイデアが、ついに形を取るに至ったということなのだよ、結局は。

（男は、昇りかけた太陽が、まわりの雲に遮《さえぎ》られながら、再び没し去ってしまう情景を懐しく、悲しく、そして苦々しい気持で思い起こすのだった。彼の目には涙さえ浮かんでいた。あの、世界中の人々、特に労働者や学生たちの若き人々から希望というものが逃げ去っていった酷《むご》い時代のあったことを、ありありと眼前に思い浮かべていた。彼が友人になろうと思っていた同級生も、その渦中で死んでいった。彼は、いつしかポロポロと涙がこぼれ落ちるのをどうすることもできなかった。遠い、遠い、彼の若き時代は、このようにして序の幕を閉じたのである。やはり、鉄の規律を誇った唯物論者たちは、冷たい鉄の顔をしていた。マルクス主義の「吸血」というヒルの論理は、なおも約20年続くことになる）

第二　商品の品性

男　「必要は発明の母」と言うね。生活上の必要性が新しい品物の存在を可能ならしめ、そして生産・流通を通すことによって、その品物を必要としていた人々の手許《てもと》に届けられる。これは経済というものの永遠の循環過程なんだけど、最近その動きが顕著になってきている。いわゆるベンチャー企業が相次いで設立されつつある。これは、珍しいことなんだ。こんなに、次々と、たとえ小さいものであっても、会社という形の企業が立ち上がるなんて……。

女一　そう。品性下劣な品物は、市場から駆逐されていくべきはずのものよ。言ってみれば、「良品は下品を駆逐する」という真実がまかり通るべきはずのものなのだわ。

女二　本来そういうものが自然淘汰の法則になるべきなのだわ。

男　そうだね。生産をして価格を付けて市場に売り出す商品自体の品格が問われていると思うんだよ。効用価値の一般型としては、「エレガントな心地良さ」と言うべきものが求められている時代だと思うのだ。時代認識としては、歴史の最終段階はまさにこの時代、つまり今ではないだろうか……。
女一　そうね、それに違いないわ。そのエレガンスの時代が少しでも遠く普及し尽くすように、世界のあちらこちらで人民パワーが炸裂しつつある、そういった時代なのだと思うわ。
男　これは、もはや個人の力でどうこうと言う問題ではなくて、地球人全体の力が試《ため》されている時代のはずだよ。人民主義が地球大の規模で展開されていきつつある。いわば、人民主義の地球戦線が、その打撃力を巨大な鉄板に向けて打ち込んでいるイメージがピッタリだね。果たして、「人民は、破格の天才である」ということが言えるのだろうか……。
女二　そういうことが言えるのかしらね。確かに、マルクスの影響力の大きさは異常すぎるほどだわ。
男　マルクスの異常な影響力にこそ、今の地球混乱の根があるのだ。まるで、マルクス教の世界教会本部は自分の所にこそある、と言わんばかりだ。
女一　考え方と言うか、物事のとらえ方をめぐる対立は、感情もからんで実に根深いもののようね。地球人て、実に不思議なアタマの構造をしているわ。

女二　そう。だから古くから、彼らのアタマを調べてみようという動きも出てくるんだわ、ロボトミーのように。

男　そうだね。彼ら地球人の自由民主主義は、単なる言葉の上だけの話のようだ。自由に発想して、自分なりの方法で考えを進めていけば自分自身の思想なり考えというものをまとめられると思うのだが、それが地球人には難しいことのようだ。民主主義という制度は、何のためにあるのだろう？

地球人というのは、神の創造した失敗作なんだろうか？　とても成功作とは思えないよ。成功作というものは、別に取り立てて拍手喝采すべきものではなくて、商品生産の普通の流れから行けば、無事に市場（つまりマーケット）に送り出せる、規格品として「これなら大丈夫」と太鼓判を押せる商品ができた、というただそれだけの意味なのに、彼ら地球人はいやに物事を複雑に考えるクセがある。ヘンな生息物だ。

（男は、人間という地球人のことを考え続けながら、プラトンの作った洞窟の中に閉じこもった。後に、男はニーチェの手により、超人としてよみがえることになる。男の頭の中では、黄泉《よみ》から帰る、という意味を知らせようとするのか、よみがえるという音韻がいつまでも、いつまでも響き渡っていた）

著者プロフィール

湯浅 洋一（ゆあさ よういち）

1948年２月４日鳥取市で生まれ、１歳の時より京都市で育つ。京都府立桂高等学校を経て京都大学法学部卒。卒業後、父の下で税理士を開業し、60歳で廃業するまで税法実務に専念。のち、大津市に転居し、執筆活動に入る。

著書に、『普段着の哲学』（2019年、文芸社）、『仕事着の哲学』（2020年、文芸社）がある。

京神楽

2020年10月15日　初版第１刷発行

著　者　湯浅 洋一

発行者　瓜谷 綱延

発行所　株式会社文芸社

〒160-0022 東京都新宿区新宿１－10－１

電話 03-5369-3060（代表）

03-5369-2299（販売）

印刷所　株式会社フクイン

ISBN978-4-286-21915-8